STANLEY MOSS

# 我的大笑史

*My History of Laughter*

〔美〕斯坦利·摩斯  著
傅浩  译

人民文学出版社

著作权合同登记：图字 01-2024-6179

Stanley Moss
My History of Laughter and Other Poems
© Stanley Moss
Simplified Chinese Right © Shanghai 99 Readers'
Culture Co., Ltd., 2025
All rights reserved.

**图书在版编目(CIP)数据**

我的大笑史／(美)斯坦利·摩斯著；傅浩译.
北京：人民文学出版社，2025. -- (巴别塔诗典).
ISBN 978-7-02-019221-2
Ⅰ.I712.25
中国国家版本馆 CIP 数据核字第 2025S8M249 号

责任编辑　朱卫净　何炜宏　周　展
装帧设计　朱晓吟

出版发行　人民文学出版社
社　　址　北京市朝内大街 166 号
邮政编码　100705

印　　制　凸版艺彩(东莞)印刷有限公司
经　　销　全国新华书店等

字　　数　220 千字
开　　本　889 毫米×1194 毫米　1/32
印　　张　10.125
版　　次　2025 年 5 月北京第 1 版
印　　次　2025 年 5 月第 1 次印刷

书　　号　978-7-02-019221-2
定　　价　79.00 元

如有印装质量问题，请与本社图书销售中心调换。电话：010-65233595

目录

**选自《第五幕,第一场》(2020)**

第五幕,第一场　_3

2018 年 1 月 2 日　_6

优素夫·寇门雅卡　_10

那是那,又不是那　_12

还剩下什么　_18

献给劳伦斯·奥利维尔,带着多年来的感激
　之情　_19

我选择写一首诗　_25

抱　歉　_26

误　听　_28

轻　佻　_31

一张 2020 年 3 月 3 日的生日贺卡,2019 年 9 月
　1 日寄出,给迈克尔·施密特　_34

随　机　_38

欢　乐　_41

轻松做到　_44

许　愿　_48

美啊,美少女　_53

回　顾　_56

轮到我了　_58

啐唾调　_62

赠 W.S. 默温　_66

有心，有脑，有肾，有肺　_69

给丽贝卡·贝尔洛的庆生信　_71

圣诞颂歌　_75

蒜　瓣　_77

眩晕症　_78

睡前故事　_79

后同步　_82

杂货篮里的蛇　_84

艳丽颂　_88

冰的安魂曲　_90

快照颂　_93

我有什么资格说？　_97

这些日子　_99

一个真实的柏林小故事　_103

低音 A　_104

袖珍镜　_105

曾经改口的伽利略，他告诉了我真相　_107

纽约市树木颂　_109

为娜奥米作 _111

我欣赏桌布上一只勇敢的蚂蚁 _113

微笑的理解 _117

2019年圣诞节 _119

一　笔 _124

消失的早期诗作 _126

有两个标题的诗 _128

不读不写，且等待 _132

原因不明 _135

男　仆 _137

节日快乐 _138

我的大笑史 _140

疫情：戴上手套口罩 _148


**选自《还没有》(2021)**

枕中诗 _151

花园里的雌雄同体 _153

献给对立面的颂歌 _155

还没有 _159

致想当宇宙学家的亚历山大 _161

俳　句 _163

祝安琪儿五十五岁生日快乐，斯坦利敬贺　_164
又一首庆生诗，写在安琪儿差不多又长大了一天
　　的时候　_167
皱　皮　_171
乐疯调　_172
诗韵中有秘密含意　_178
空白相片　_181
无足轻重的，一张纸餐巾　_183
我想念娜奥米·艾田纳　_186
收到一封信之后　_188
自我传说，2021　_190
一时兴起　_195
蛋糕错　_197
写给特里·哈默的一些话　_199

## 选自《永远永远之乡》(2022)
加州森林火灾的美术　_205
我为时间的仁慈干杯　_207
是的，你可以议论我　_209
刚做了一个梦　_211
我还在这里　_213

一个支持者，我希望 _217

斯坦利写给塞涅卡的一封信 _220

一本所用比喻出乎意料的书读后 _223

如此这般机器 _226

一个神秘的原由 _227

无　名 _229

2021 年春 _234

事实之歌 _240

狗十四行诗 _242

绕　行 _243

一小段午后音乐 _248

小　歌 _251

2020 年感恩节 _252

序言二 _255

一杯茶 _256

骗　术 _257

该死的真相 _258

我赞美科学家 _260

如果有人在地球上的任何地方做爱 _261

胜　利 _265

给安德烈·沃兹涅先斯基的 Zoom 呼叫 _268

## 选自《我的浪荡人生》(2022)

秋　_275

我的浪荡人生　_279

浪费时间　_282

浪费时间之二　_285

人生是个威廉　_286

纠　缠　_290

泥　巴　_293

为我作的挽歌　_296

确定的　_297

一幅超现实主义画像，1949 年　_300

话　语　_303

维　修　_304

音乐会　_309

温　情　_310

我教父的临终遗言　_311

译后记　_312

选自《第五幕,第一场》

(2020)

## 第五幕,第一场

斯坦利:存在的任何事物,都是伙伴,
一条狗一块石头一把勺子一本书一扇扇窗户,
屋内的或屋外的任何东西,
　　第一次唱的
冥想曲、摇篮曲、安魂曲。
我倾听空间,碰撞的云朵,
偶遇,撞见。
一切都停止了,除了变化的天气。

云和烟不拥有相同的神。
寻找你的孪生和反孪生吧,
世上没有什么不与你相像的。
像卡夫卡一样,用枯叶筑起一座城堡——
每一片叶子都像你的眉毛和耳朵。
井水证明口渴的存在,
一切事物都有一个对立面,

死亡依然是一切事物的对立面。

法国各地的面包店正在消失，
取而代之的是法棍自动售货机。
"长棍面包"这样的词是需要的，
树皮，狗吠，法国帆船，
文字老化，被发明，天知道，
因为有给予和接受的需要。
傻子抱怨押韵的需要是一种必要。
诗歌是文字意义的更好证明，
胜过字典。然而，仍要向《牛津英语词典》致敬。
过去我一直在等什么？
在有绘画之前，就有了颜色。
什么先来临，明白的还是暧昧的，
明白的爱情在暧昧的感情之前？
当然是母爱先于父爱，
全麦，然后才是粗麦面包。
在伊丽莎白时代，戏剧是写作的，不是为了上演。

我不想说"这就是答案"，然后睡去，
在我突然消失后，在我是大笑的骨灰时。
在座的朋友中间，有人重复我的遗言。

"愿天国赐予丰盛的安宁!"
让他们说,他拯救过几个该死的灵魂;
他的尘土令跳鼠打喷嚏;他写过——
为他自己的宗教娱乐——
第五幕,第一场。

## 2018年1月2日

> 我们没有持久的朋友,没有持久的敌人,只有持久的利益。
>
> ——温斯顿·丘吉尔

"弃船",我对自己说,
无缘无故,
就在迟到的日出前的一小会儿。
为什么我要说两个让我害怕的字,
除了我自己下的,我从来没有接到过的命令?
在一次演习中,我们排练过这种可能性,
三十三年前。

在冰冷的1959年1月,
在一个静修的地方,
西班牙托莱多的圣多明我·艾尔·安提戈
女修道院,一位戴着黑色面纱的修女

隔着铁栅栏对我打招呼，说：

"Quien pasa un Enero, vive un año entero." ①

\*　\*　\*

2018 年 1 月 2 日，
昨夜我祝了一个愿：
今年没有朋友会死。
过了五天。1 月 7 日，
丹尼尔，我六十年的朋友，
尤金，我五十年的朋友，在同一天去世了。
在那天晚上，
我听说第三个朋友，一个诗人，
拒绝了他刚刚要的
一汤匙咖啡，磕磕绊绊地说着话——
他无法吞咽，也无法下床。
我们第一次见面时，我十九岁，
他正在给一个女朋友买一个漂亮瓶子
装的香水，"巴黎之夜"。

---

① 西班牙语：挨过 1 月的人，会活 1 整年。——如无特殊说明，本书注释均为译者注。

我在药店兼书店里对他说的第一句话：
"巴黎的每个妓女都用这个。"
1月8日，大约中午时分，
他的妻子打电话说："亚伦死了，
在他九十二岁生日之后第八天。"

1月10日，拉伦从德国打来电话：
"尤瑟夫中风了，他的右侧和左臂
都瘫痪了。"我给他打电话，我们喋喋不休。
他没有说"再见"。他说："伙计，保持信心。"
1月22日，克里斯托弗从丹吉尔给我发来电子
邮件：
"斯坦利，
我很难过地告诉你，比尔·乔丹刚刚死了。"
2月1日，在一个聚会上，我被告知：
"亚瑟昨天死了。"
他是我最老的朋友。
十七岁时，我们加入了海军，
同睡一张铺。后来他失去了一条腿，
有了六个孩子，最后统计有二十九个孙子。
他的笑声是我听过的最开心的，
整艘船都为之晃动。我喜爱他。

我不弃船,我用双手往外舀水。
我不怕说我不知道。
我祝愿全世界新年快乐!

## 优素夫·寇门雅卡 ①

亲爱的优素夫,中风后——
不是船桨或游泳者的划动——
你的右侧、两臂的一部分
瘫痪了。他们现在正在
给你的心脏装一个起搏器。
它应该能让你的心脏保持跳动,
你就会从手术台上下来到病床上去。
我的心感觉很奇怪,我的心竟然在祈祷,
但我并不祈祷。

生活突然变成了战场,
这世界比任何人都更需要你。
我不想写:"比我认识的任何人。"

---

① 优素夫·寇门雅卡(生于1941年),美国非裔诗人,1994年普利策诗歌奖获得者。

你给了我们神圣的思想，
你的心智为所有人建设了
一个自由的国族，建设了美，
就像大米和红薯。
我知道，希腊人说，"诗人即制作者"。
我不知道"厨子"希腊语怎么说。
我觉得诗不是作出来的，
而是被煮熟，或生吃的。

上帝发明了我们和绿色毒藤。
简单的事实，做坏事是绝对没有意义的。
上帝，如果你存在，你会感激吗？
如果你抓住我的蛋蛋，把我
扯上天堂，我绝不会感激你的，
除非我能讲出一个孩子被谋杀的故事。
如果马利亚勒死了耶稣，她会怎么做？
伙计，你凭经验就知道：
她会上吊自杀的。现在，这样。

## 那是那,又不是那

### 1

我正在去地狱的路上,
声称我听到了安拉
与耶和华之间的对话。
他们说的是混合的阿拉伯语和希伯来语,
国际地下英语:
"人类看起来更像我而不像你。
他们更经常赞美我,
我一天受赞美五次,
你只有在早晚和安息日。
你得到了为死者所做的祈祷、
新月、每个该死的东西。"
我听见耶和华回答:
"风和精神在希伯来语中是同一个词。"

那是那，又不是那。
我是"硬汉训练营"① 学院的
格劳乔·马克斯② 神学教授，
我给一个骗子的论文
《上帝的诚实的真相》打了个红海加③。
我的讲座：耶和华说雪、雨、
日落、干旱、洪水、鸟鸣，还有夜鹰。
耶和华用闪电清理他的喉咙。
闪电击中了这个老闯入者——有一个停顿，
我霹雳一声：
"死后，生命并不沉默。"

\* \* \*

我变成了一个人，
我记住了设想不周的谈话。
我仍然无知，因为我在母亲的子宫里，
我在那里踢着，笑着，但从未哭过——

---

① 美国一档真人秀体育纪录片电视系列节目，于2001年首播。
② 格劳乔·马克斯（1890—1977），美国喜剧演员。
③ 原文为 Red Sea plus，与 red C+ 谐音，一语双关。前者与希伯来《圣经》中所载耶和华把埃及法老追杀犹太人的军队淹没在红海中的传说有关；后者意思是用红笔打的刚过及格线的分数。

直到我出生,获得光明。
我信仰沉默。
我觉得模糊令人不舒服,
一位伟大的阿拉伯诗人的文字揭示:
"生命就其本质而言是不在场的。
时间,在它所有腐朽的在场中,
只不过是个笑话。"
素食者阿布·阿拉-麦阿里 ①
从未实行过"异教之旅"。

男孩女孩们,
我相信神秘事物,
希腊人称之为音乐的东西。
我递上一枚用牙签扎取的橄榄。
我的朋友说:"小提琴是灵魂的复制品。"
我发誓,多管闲事,我听见过耶和华和安拉
独自说话,各说各话,
像耶稣在《约翰福音》第十七章中那样祈祷。
天堂是一个剧院吗,从不黑灯?我想,

---

① 阿布·阿拉-麦阿里(973—1057),阿拉伯诗人、哲学家、纯素食主义创始人。

我想听安拉和耶和华唱歌——
他们必须是满嗓的
低音、男中音、女中音、花腔女高音。
安拉与耶和华并不对我唱歌。
他们对可见和不可见的事物说话，
因为没有什么是没有言语的；
他们与鹅卵石、黑暗、每座蚁冢、
喜马拉雅山有说有笑。
顺便说一下，我的石头比我的法语好，
我说的是带有纽约拖腔的小瀑布。

2

主啊，请救助我，
如果有后遗症，死后的宗教战争，
死去的灵魂对抗死去的灵魂。
没有肉体的仁慈会流血至死，
因为，因为……无论如何。
我把我的摩托艇命名为因为。
有人喜欢踢足球，打网球，下象棋。
我喜欢玩这个。我听见神圣的音乐，
孤独的长笛在挑战摇篮形的西塔拉琴。

无论如何,"唯一的问题是上帝
存在还是不存在"。陀思妥耶夫斯基写道。
我从山顶上看到两个裸体的女巫
骑着扫帚飞过山谷,
我的漂亮老师们——
她们上方有一只张开翅膀的角鸮。
远远的下面是像蚂蚁一样大小的人。
我必须复习一下我的苏美尔语。

### 3

在埃拉特的一家三星级酒店的阳台上,
我抱着头不动,只转动我的眼睛。
我直视前方,看到隔海的阿拉伯,
左眼是约旦——右眼是埃及,
圣凯瑟琳修道院。
我听见给主听的嘈杂人声:
一个阿拉伯人说耶路撒冷是座穆斯林城市[①],
然后他用希伯来语说滚蛋,希伯来语并没有这

---

[①] 本书中,楷体字对应原文斜体,下划线对应原文下划线,黑体字对应原文大写。以下不再专门说明。——编者注

样的词。

一个犹太人用阿拉伯语说滚蛋,阿拉伯语并没有这样的词。

和平是出租车司机在街上争论。

宽恕始于约瑟宽恕他的兄弟们。

我把这块盛在纸碟子上的柠檬馅饼递给你——

我支持中东和平的可怜论点。

在越南,我的朋友弗朗西斯

透过一家诊所的窗户看到了战争:

一条狗叼着一条人类婴儿的腿在跑。

我的前门总是敞开着,方便

上帝来吃晚饭。

## 还剩下什么

在不远的世界另一头,还剩下什么?
战争丢下一个也门儿童挨着饿,
一个十岁的男孩体重三十磅。
我可以给他什么吃的?
总有一天,天空会变成面包,
大地会变成面包,中间的一切
会变成我的三明治馅料。
我现在吃我的三明治:
中国的长城
卡在我的牙缝里了。
我妈妈说:"嘴里有食物
就别说话。"
我现在不说话了。
男孩的母亲跪在地上走,
穿过一片无花果树雷区。

**献给劳伦斯·奥利维尔**[①]**，带着多年来的感激之情**

## 1

我不是在呼吸开始
而是在结束时说话。
我在公共舞台上的第一个夜晚，
没有钱过收费桥或乘地铁，
我游过了泰晤士河和东河。
我是一个古希腊的裸体演员，
我表演悲剧和喜剧，根据法律，
只有自由的雅典男人可以出席。

像其他孩子一样，我也演过，

---

[①] 劳伦斯·奥利维尔（1907—1989），英国演员、导演、编剧，以擅演莎士比亚戏剧著称，代表作有《王子复仇记》等。

大多数人在十几岁就停止了,
让幕布永远落下。
他们做他们自己的梦,
而演员用他们的生活
演绎别人的梦想。

## 2

我有时会爆发出一个词儿。
我从不含糊。在莎士比亚的时代,
一个少年男演员扮演科迪莉亚和弄臣。
卸妆之后,
我认不出自己,
一条检查昨天的骨头的老狗。
我把生气呼入角色的鼻孔。
有时我选择在错误的时间
在错误的地方。我闻戏味儿,
我扮演的伊阿古让人发笑,甜蜜
又迷人,每一次表演都像音乐,
总是不同的。我过着这样的生活,
身体和灵魂,都属于舞台上的第四支矛。
"读书可能什么都不如,

但是通过演员的诠释来感受
和理解莎士比亚的伟大台词
不是一回事儿。"

尤金·奥尼尔① 在写作时
好几个星期都不跟妻子说话。
威廉·韦勒② 说:"如果你想震惊
观众,就先让他们厌烦一会儿。"
试图在同一时间学习咬字和腔调
是我平生做过的傻事,不是波德莱尔式的疯狂
之举。
我现在扮演"无名之辈",
在一位演员表演
伟大演讲时我不再吃葡萄抢戏。
我要求自己做不可能的事,
这是我演戏的唯一方法,
悬挂在吊灯上。
没有片刻犹豫我就回答说:

---

① 尤金·奥尼尔(1888—1953),美国爱尔兰裔剧作家、1936 年诺贝尔文学奖得主。
② 威廉·韦勒(1902—1981),美国电影导演,代表作有《罗马假日》《宾虚》等。

"当然,没问题。"

### 3

在英国,我是个美国人,
一个学习语言过于仔细的外国人。
我不认为我是个很好的群众。
真相是,我写东西总是要大声读出来,
被圣洁和亵渎的距离
与乐池和体面人士隔开。
在老维克剧院,天使和处女,观众都因
从百合花飞到耳朵里的词语花粉而再生了。

也许是在孤独中,
劳伦斯·奥利维尔写道——丘吉尔同意:
"我不认为我们能赢得战争,
如果没有……'再一次,堵住突破口',
在我们的士兵的心中某处。"

### 4

无论去老维克剧院看什么,我赶上了

奥利维尔在舞台上的最后一场演出——

在格里菲斯的《党》① 中扮演苏格兰劳工领袖。

然后他起航去演电影和电视了。

我希望能看到他在剪辑室

地板上留下的东西。

根据布莱希特的说法,没有幕布,

"你可以用你的最后一句话起个新头"。

我是一个预言者,三个女巫,

我把我渎神的肝脏放在锅里煮。②

哀叹耶路撒冷陷落的耶利米,③

我没有受十字架刑所需的钉子。

我大声地数着我的手指甲和脚指甲。

我飞走,我的生命是一本翻开又合上的书。

我不在乎你是否能把我的书

与一只蝴蝶或一只黑鸟区别开来。

戏在黑暗中继续,大多是退场。

---

① 英国剧作家特雷弗·格里菲斯(生于1935年)的剧作《党》(1973),叙述了一次与巴黎学生骚乱不期而遇的伦敦社会主义者集会。
② 英国剧作家威廉·莎士比亚剧作《麦克白》中有3个女巫用大锅熬煮巫蛊汤剂的情景。
③ 耶利米(约前650—约前570),古犹大国先知,《圣经》中所收其著作《耶利米哀歌》记叙了古犹太人的亡国之痛。

我从来不是一个梦游者,但我将会像
古希腊人一样跷腿而死,一个裸体的雅典演员,
我从未戴过祈祷披肩。
我读过猫头鹰的字典。
为自己说祈祷辞。刮开一个演员,
在下面你会发现另一个演员。

## 我选择写一首诗

我选择写一首诗,
当我的左脚踝骨折,发紫,
我的右脚踝肿得发青,
两个膝盖都被撞了,比平时大了一倍,
我的两条长腿"要杀了我",
同时一个著名的天使真的要杀了我的时候。
我把肉体的痛苦和真正的东西分开——
真正的东西,灵魂通常死于
肉体之前。我的灵魂正在跳舞,
在一个美丽的六月早晨,
欢迎着满园春色,
准备永远活下去。

## 抱　歉
　　——致 W.H. 奥登

抱歉，我生命枯竭，除了钱财。

我写过一张支票，日期是 10 月 18 日

没写年份，给特瑞莎·蒙罗斯

付一百块钱，我没有写

大写的数额。

我与朋友谈话

就像我写那张支票一样，

当我试着告诉他们我欠他们什么的时候。

我弄不对，我省去了多年，

用一封手写的信说

诸如谢谢你之类的话

就清偿了日常债务。

是的，我相信每个人的

昼夜时间是不同的。

我肯定,一个我喜欢的诗人①——
他常要求准时到账——
从来没有跳过票。
时年六十六岁,他死在
阿尔腾堡格豪夫旅店,
没有付账单。
我保证,这个世界愿意
为他的空 zimmer② 付账一百年。
《齐格弗里德》的《葬礼进行曲》③在我耳中挥之
不去。

---

① 指诗人 W.H. 奥登。他于 1973 年在奥地利维也纳阿尔腾堡格豪夫旅店逝世,享年 66 岁。
② 德语:房间。
③ 齐格弗里德是中古日耳曼叙事诗《尼伯龙根之歌》中的屠龙英雄。现代德国作曲家理查德·瓦格纳据之创作四联歌剧《尼伯龙根的指环》,《齐格弗里德》为其第 3 部,《葬礼进行曲》是其中的一首间奏曲。

## 误　听


我说，他们在信的结尾写

"在耶稣的关怀下 ① 敬上。"

尼尔森听成了"惯坏"。一个极恶劣的

误听，最好忘掉。

衰老并不是烂掉。

这并不经常发生：

无父无母的孩子

是孤儿，

与"故而"的混淆

永远不会发生。

兄弟们，我寻找一种宗教，

我大闹一场革命，

---

① 原文"in the bowels of Jesus"是《圣经·新约》中常用语。其中"bowels"又译"心肠"，与第 3 行的"balls"音近而导致误听。此处为照顾音效，不得已将后者委婉译成"惯坏"。

使大笑声成为一种赦免形式。①

大笑有善恶之分。

大笑一分为二

不是微笑。绞索

一刀两断不是绳子。

望远镜可以显示春天在冬天

到来。罪人和教皇都等待

救主再度降临。

我从来没有接触过圣水,

但我在美丽的海洋和湖泊中戏水。

我可以把我的错误写成一本书,

非婚生有一子一女——

人不会有假。人体模型才是假的。

谎言是谎言,不是假话。

如果可以,我会亲吻文字和鸟儿。

我会亲吻不可能的事物

和《圣经》。无可置疑,

教皇说"Ex Cathedra"②。这就是问题所在,

教皇方济各在浴缸里

---

① 以上3行中原文"religion""revolution""absolution"押近韵。
② 拉丁文,字面义为"出于主座",意译似略同于"钦此",是教皇宣布信仰或道德问题时所用,表示所说无可置疑。

留下一个尘垢形成的环。

我会给他清洗双脚，还有那个环。

我不会亲吻他手指上的那个环。

一首维拉内勒①可以是一首哀歌。

布鲁克林大桥上有什么消息，

玫瑰花往往是犹太人。

勿忘我不是胡格诺教徒。②

十字架不是两根棍子。③

宗教跟你一辈子，尤其如果你是天主教徒。

我的心为"八福"和《诗篇》欢欣，

有时我写写火警。④

---

① 一种源于法国的诗体，诗句依次重复如环。
② 原文"勿忘我"（forget-me-nots）与"胡格诺"（Huguenots）音形部分相近。
③ 这一行中的名词"棍子"（sticks）与下一行中的动词"跟"（sticks），原文同形。
④ "火警"一词中的"警"（alarms）与上一行中的"诗篇"（Psalms），原文押韵。

## 轻　佻

风与灵的区别
是物质性的；它们的相似性
在树木和圣鸽[①]中间
造成混淆。你看见风动，听见风声，
看见风行水上的模样。无疑
它曾鼓满风帆，鼓动人类环行
世界。但我还是发现，风和灵
在希伯来语中是同一个词。
在巴别塔之后，有了希伯来语，
然后灵就不一样了——
它变成基督教的了，乐于有一个希腊语名字。
祭神的殿堂已无人光顾，

---

[①] 基督教传说，圣灵化身白鸽，向圣母马利亚报喜，告之以清净受胎的消息。

北风神玻瑞阿斯 ①
把俄里蒂亚空运到了他在凡间的床上。

维纳斯是从扇贝壳里出生的。
我是在纽约市出生的,
具有幸运的资质。
我的心脏与轻浮一同跳动,
它与灵和风一起玩耍。可惜的是
在黑暗的第十五街,我听到
一个乞丐说:"很快我就会跟死人一块儿
掰面包吃了。"
一份荒诞的礼物:
我给了他零钱、微笑、公开慈善,
而不是拥抱、宠物。
我为了好玩写早餐食谱,这个煎蛋卷,
就好像没有同修的祈祷似的——
拿两个鸡蛋,亚当,半个苹果,一小撮原罪,
搓碎的文字和奶酪,紫洋葱,

---

① 希腊神话中的北风之神玻瑞阿斯曾掠走雅典公主俄里蒂亚,与她育有多子。

一根盐柱 ①，把《雅歌》扔进去，
不完全是一个启示，
我唱广告歌。我早就清楚，自从创世以来
世界就是上帝的歌剧院，
我们在这里是为了供他娱乐。
他喜欢分别：老鼠和耗子，
渡鸦和乌鸦，跳蚤和虱子，
地球和世界，
卷毛和鬈发，
圣诞节、耶稣诞生和降临节。

太初有未道之道。
话是说的、听的，不是读的。
最终，某种满足，
抹平，一个平面，
没有天使或魔鬼，
没有上升或下降。
轻佻是一支吉格舞曲、一首诗、一场舞，
有时是一个最后的机会。

---

① 据希伯来《圣经》，上帝毁灭所多玛城时，义人罗得一家得天使救援出逃，被告诫要不停地跑，不要回头看。罗得的妻子忍不住回头，结果变成了盐柱。

一张 2020 年 3 月 3 日的生日贺卡，2019 年 9 月 1 日寄出，给迈克尔·施密特①

迈克尔，非常亲密的朋友，感谢上帝
你生来就用墨西哥语② 和英语
做梦。 ¡Feliz Cumpleaños!③
生日快乐！哪个会带来更多快乐？
对立的军队动员起来
在大庭广场上，准备打一场
为了写在生日蛋糕上的文字
而进行的三十年战争。

你的心是诗歌和散文的题材
和公民——你听到墨西哥、英国，

---

① 迈克尔·施密特（生于 1947 年），墨西哥裔英国诗人。
② 原文如此。犹如美国英语现在可称美语（American），墨西哥西班牙语也不妨称墨西哥语（Mexican）。这在欧美是不成问题的。
③ 西班牙语：生日快乐！

以及无国别的歌唱。想想

一片满是猿猴的荒野。

你的心和我的心是两个盘子

盛着的两块蛋糕。谁能分辨不同？

我不想让客人做

特里劳尼对雪莱已死的心所做的事——

把它从他那太过浪漫的身体里剜出来，①

像一首六六体诗②一样裹在丝绸裹尸布里。

然后，像君主、国王和钱币一样，

它被从一个人手中传到另一个人手中，

直到它叮叮当当进入一个赝品棺材。

肖邦的惊恐的妹妹则把他的心脏

偷运回波兰，腌在一个罐子里。

我记得1953年我搬到

巴塞罗那时，就在

我在丹吉尔与一位加泰罗尼亚女士举行了婚礼之后。

我父亲写了一封信，上面写着："你已经

---

① 英国作家爱德华·约翰·特里劳尼（1792—1881）在好友诗人珀西·比舍·雪莱（1792—1822）在意大利溺亡后，为其安排火葬。雪莱遗体焚化后，唯心脏完好不化。特里劳尼把它从灰烬中抢出，葬于罗马一墓园，立碑题曰："众心之心。"
② 一种每节6行，共6节，再加3行一节的结尾的诗体。

背叛了你的国家。"我销毁了
那封信,认为我应该把它藏起来,
躲过上帝的眼睛。我的几个朋友
异口同声说:"我告诉过你,这个狗娘养的
相信上帝。"

我走失了,你没有。我重复我自己。
我不是简单地说"我爱你",
而是漫步在战场上,喝着玛格丽特酒。
我是打嗝者斯坦利——红白蓝三色的嘉德勋章绶带
早起的福斯塔夫的燕子。①
你过过不可能的生活,因此
你的诗简直美得不可能,
你的诗集充满了音节和节拍,
你本人,则是济慈的自负的崇高。
我大声朗读了你关于开车的诗,
它让我想起荷马:
"突然转向的喇叭声",阿喀琉斯② 拖着

---

① 莎士比亚剧作《亨利四世》下篇第四幕第三场中人物福斯塔夫说:"您以为我是一只燕子、一支箭或是一颗弹丸吗?"
② 古希腊传说中的英雄,荷马史诗《伊利亚特》即以描写其愤怒开场。

赫克托尔的尸体绕行特洛伊城,
圣克里斯多福①悬挂在速度表之上,
人类拖着厄洛斯②在皮卡迪利
广场上的马戏场上转啊转。

我们为什么不办个生日早餐会,
2030年3月3日,我会带来蛋糕。
我们什么时候会希望死去,也许
在我们所爱的人都死了之后。十年后,
我们可能不会选择去找新朋友。
生日快乐! ¡Feliz Cumpleaños!

斯坦利

---

① 基督教圣人,传说曾帮助化成幼童的耶稣过河,故被天主教徒奉为旅行者的主保圣人。
② 古希腊神话中的小爱神。

## 随　机

这位想在中国投下三十颗原子弹的
将军在国会两院发表讲话，
最后总结说：
"老兵永远不会死，他们只是消逝了。"
他并没有说："永恒的矩阵
依然是一个三角形。我要给你好看
通常意味着一顿打。"我想理解
随机矩阵及其应用。
我情解[①]什么？当然我在正面看台
站在我的立场上，我在乐台上吹奏风笛。
在伦敦，我沿着河滨路走向剧院，
小心翼翼地跨过睡在地铁站
格栅上的无家可归者。

---

[①] 原文 overstand 系作者反 understand（理解）之意而自造的新词，以为文字游戏。此处译为"情解"也是相当于"理解"而言。

我在萨沃伊酒店吃烤鳎目鱼,自己挑刺。

一个数字的随机三角形,
等边数字不可能。历史在哭泣,
好像1937年南京废墟上的婴儿,
宇宙大爆炸后不知过了多少年。
没有什么是随机的、无意义的,这是个事实吗?
我在寻找一个无意义的词——
愚蠢,没有一个词是无意义的。
我寻找一个无意义的句号,穿过
夜空中的星星,我有时看得到金星。
没有文字,标点符号就成为流行艺术,
红色的问号,黑色的逗号。
以所有生物的两性交合为例,
注意全光照和黑暗中的三角形,
角度、暴民、人口过剩。

然而,特拉法尔加广场几乎是一个六边形。
我不算通往国家美术馆的
螺旋楼梯的台阶——
鉴于人口过剩,我毫不怀疑
曾有人从那些台阶上掉下来摔死了。

我在野地里的圣马丁教堂参加礼拜，

我去酒吧喝啤酒吃馅饼，

我一直喝到关门时间。用一个陶制烟斗，

我吹肥皂泡，×××。

我对着宇宙吹丘吉尔式雪茄烟——

我对艺术和科学的贡献。

你不可以离开集中营去找贫民窟房东。

然而理所当然，对大多数人来说，他们应该这样做。

"如己所欲，乃施于人。"

在每张床上都有一个三角形，家庭的浪漫史，奇数。

我小时候被教导要把手放在桌子下面。

今天我把肿胀的左脚放在桌子上，

如果你想要证明的话，这就是对永恒的证明。

"……没有思想的言语永远不会到天堂去。"

## 欢　乐

死神戴着艳丽的无花果叶，
艳丽，源自拉丁文"gaudium"，欢乐。
我吓了一跳。我为无物欢呼，
那是伊丽莎白时代对女性生殖器的俗称。
我知道，有物并不意指阴茎。
在荒野中，有一种采花行为，
然而野花的有物照样进入无物。
一面镜子显示我在休闲，
与我的熟人在一起作乐，
不是生与死的结婚，而是订婚。

一个扩音器告诉人群：
"乔·路易斯，他的种族的荣耀。"
拳击斗士，非裔美国人，
他的第一场比赛输给了马克斯·施梅林，
后者在 1936 年戴着一个艳丽的纳粹标志。

在十二个回合中他击倒了路易斯,
令德裔美国人联合会①
和美国优先者大为欢乐。
第二场比赛,路易斯在第一回合
两分钟后击倒了施梅林。
张伯伦总理、
联合会的领导人弗里茨·库恩、
林德伯格,半个美国都哭了。
我欢呼着,屁股上挨了
我的保姆的德国男友约翰尼一脚。
对我和其他许多人来说,许多艳丽的岁月
就是华盛顿、林肯和乔·路易斯。
后来我发现,施梅林在以色列
很受欢迎。他是反纳粹的。

\* \* \*

每个生物都有一部分是其他生物。
我们是森林、一个学校、一群鸟兽,尽管我们有

---

① 1936 年在美国成立的纳粹组织,由德裔美国公民组成,旨在为纳粹德国做正面宣传。

不同的称呼，

语言、嗡嗡的鸣声、绽开的花瓣、

苹果、不同的小麦、野草，它们都是我们。

我们中的一些人出生，然后在我们

有机会睡觉之前就被吞噬；

蚯蚓在草丛下面醒来，

没有其他虫子亲吻它说"蠕动好、

早上好、晚上好"。

我还能蠕动多久？我还能

跳多久舞？在罗斯兰舞厅

我不曾跳快步舞。"只限白种人。"


死亡是以后的生活，

但那晚之后是什么？

我将睡在俗称的无物中，

远离 nada niente rien nichts。①

---

① 分别是西班牙语、意大利语、法语、德语，意思都是"无物"。

## 轻松做到

> 大自然从来不与其子女押韵。
>
> ——拉尔夫·沃尔多·爱默生

### 1

对我来说，写一首押韵的诗比写自由诗
更容易：我赶上了艰难的时代。
我们有百分之四十的人口
认为错误的一方在内战中获胜，
那是创世以来五千年之后。
那是我奶奶的俄式茶炊的年龄——
她以前常跳舞唱摇篮曲子。
她儿子死后，
她从来不让我看到她眼里的泪水。
格律和韵脚把我的笔向前推进了一点点。
断定我活的时间比死的时间长，这很好玩。

我要把好莱坞搬到勃南森林去。
我的笔改变我,却不太善于
改变世界。我不是金博士或康斯坦丁。
我用手机听福音,
固定电话是希伯来《圣经》。
我不喜欢教堂钟声,更不喜欢门铃。
这些天来,天使们更喜欢萨克斯风
而不是竖琴。天堂有楼阁
充满无名氏复活了的肉身。
大自然的语言是数学。
上帝不是数字一。
白天结束后,电话铃响起——
对不起,打错了。像吉诃德一样,我吃扁豆。
我更喜欢正直的辅音而不是元音,更喜欢
"你忠实的"而不是"你衷心的"。
诗韵作为一种暗喻,车轮或犁,是没有用的。
在我们这个人工智能的穴居时代,
过去、现在、未来很快就没有意义。
一个诚实的人可以偷或借得多少诗韵呢?
音乐可以用奇数
和偶数说。上帝是奇数
和偶数。现在汉语没有未来时态。

一种语言可能像河流一样死去,
然而《李尔王》这条悲剧之河仍会流着
"永不,永不,永不,永不,永不!"
当鸽子可能不再与爱情押韵时,
当四季都被埋没
在地平线之下时,还有什么理由要下雪!
当不可思议的事物接管了,
词典被淹了,人称代词完了,
当我们都是"它的"时,生活就完了。

2

放轻松,入土需要时间。
大多数生物都有思想,我纳罕,
没有指南针,只有失败。
赤身裸体,我所有的衣物都是不必要的装饰。
诗韵的意义是什么?
我押韵不是为了受雇。
欲望被包围,向欲望降服。
越过讽喻和暗喻的山脊,
我寻找无前无后、无时限的东西。
我想用押韵使读者不再相信

虚妄的因悲伤造成的不可能。
生活不会结束,只会中断。
放轻松,我相信崇高的东西。
我也有唱蓝调的权利。
古拉丁人和希腊人从不押韵,
除了阿里斯托芬,据柏拉图说,他最熟悉
他们的城市。他押韵是为了逗趣。
笑声让雅典人思考,
让星星、云朵、青蛙、长颈鹿眨眼。
眨眼意味着也许。要小心确定无误的。
雅典的剧院是没有幕布的。
是生是死都有其位置。
永不出生是一种羞耻。

## 许　愿

### 1

我是猎物，也是捕食者，
世间万物皆为思想之食。
以捕食者的平均数量为例，
有的因人口过剩而挨饿。
生活是一场战斗，午餐在此：金融和谋杀导致
物种消亡，最近没有冰河时代。
猎物会飞，会游，会跑，会藏在下面、
后面、高高的树上、岩石缝隙之间。
我希望至少能了解到人类至多
需要多少食物来繁衍
或仅仅生存。我对我的诗很谨慎，
它首先要承担家庭义务，
然后是愤怒。我写道：
无助的阴历年是猎物，

时光,是翅膀宽广的捕食者。

在五彩缤纷的伤口中,有一种美。
去他妈的时间能治愈所有的伤口。
成千上万的捕食者吞噬美。
卡夫卡为他的时代代言,有一天写道:
我无法做完任何事情。我害怕真相。

男人、女人、孩子都有许愿的天赋,
我们不只是想要,渴望,向往,
像所有其他不会许愿的生物一样。
我行使我许愿的权利,我用笔和墨水说:
极少人的生与死像狮子一样美丽,
总是那么轻柔地迈步,
然后跃起追逐羚羊,
就像小说家重塑生命。
我的懒散的读者说:你又来了,
谈论你自己,仿佛你就是我。

你,既不是猎物也不是捕食者,
问问西哥特人,欧洲的巢里的卵
变成了什么?鸭嘴兽和针鼹鼠呢?

它们是仅有的会下蛋的哺乳动物。
捕食者，偷一个蛋，绑架一个孩子。
伙计，靠面包、孤独、豆子、
大米，这些主食过活。
矛盾的是，鉴于人口过剩，
孤独将会最后耗尽。

2

我的近亲，黑猩猩，靠水果、
种子、白蚁、大口吞食的猴子肉过活。
我得知有时动物用抓挠手势
来交流，并不感到惊讶。
我像猴子身上的跳蚤一样探索我的身体，
就像刘易斯和克拉克在西北探险①一样——
我辨认出河流、山脉、大分界线。

大猩猩不会游泳。有不同的种群
在宽阔的刚果河南北两岸。

---

① 指 1803 年至 1806 年受美国总统托马斯·杰斐逊委托，梅里韦瑟·刘易斯上尉和威廉·克拉克少尉带队的横穿美国大陆的考察测绘活动，史称刘易斯与克拉克远征。

南边的雌性首领在分歧和冲突中
以制造各种爱,而不是战争来决定。
在北边,雄性大猩猩拥有统治权,
制造战争,对它们的雌性残忍,
不像其他动物,除了像人类一样。
没有什么能在疯狂的大水流
和刚果的群山中生活——其巨大的
瀑布复仇女神被另一个斯坦利错误地命名为
利文斯通瀑布。在那几英里深的
圣河最黑暗的夜晚的水中,
盲目的刚果鳗鱼能找到什么吃的?
还有那些鱼,它们在几乎
沸腾的水中满口吃着天知道什么东西。

我涉及并非不可能的事。
一只蠕虫想飞,想一路穿过云层。
在成群结队的动物中,也有那些
想爬进土地里,
摆脱"白天"那捕食者
和被称为"黑夜"的猎物。许愿即抒情,
我希望成为我,我是野生的猎物兼捕食者,
我不希望像竖起羽毛的松鸡那样,

成为大角猫头鹰的猎物。

偶然出生，我认为我将重生为

一只巴尔的摩金黄鹂，一只鹞，

一只鸣啭的莺雀（特德·罗特齐①的爱鸟）。

我看到我已经失去了言论自由的权利——

我只用比喻来说话。

希勒尔②说："肉越多，蠕虫就越多。"

---

① 西奥多·罗特齐（1908—1963），美国诗人。特德是西奥多的昵称。
② 希勒尔（约前70—10），犹太贤哲、宗教领袖。

## 美啊,美少女

一个自由的腓尼基女人给了萨福①
一串项链作礼物,字母表,
一个字母接一个字母,金银——珍珠,采
自从前被称为笑声之母的礁石,
酒一般深色的大洋上的一个斑点。

除了项链,萨福一丝不挂地做爱,
用她的希腊语一封接一封地写信。
在某种程度上说,她在希腊
已知和未知的河流中,就像
在女人身体上航行:乳房、大腿之间
和每一个停靠港。萨福表示感谢,
痛苦不堪,无法触及

---

① 萨福(约前630—约前570),古希腊女诗人,同性恋者,其出生地莱斯博斯岛即为女同性恋之代称。

她所爱的女人,她癫痫发作。
阿佛洛狄忒① 回应了祈祷,萨福的心
充满了烈火——痛苦的心结松开了,
这女神近乎是战斗中的盾牌。
阿耳忒弥斯②,那位处女女神,保持着
她的距离,厄洛斯从未远离。

斯巴达人认为,如果不是腓尼基女人的项链,
阿喀琉斯的愤怒就会被遗忘,
赫西俄德③ 的教诲就会遗失在谣言
翻腾的大海中——希腊人的记忆是一个打破的双
耳罐,
用葡萄酒淹没了田野和果园,树木都醉了。
绝不!雅典和莱斯博斯不是渔村。
不同的风笛和竖琴,不同的音乐,
在大街上和帕纳索斯山④ 上说着同样的语言,
希腊语还是希腊语。

---

① 古希腊神话中的爱与美之女神。
② 古希腊神话中的月亮与狩猎女神,以贞洁著称。
③ 古希腊诗人,约生活于公元前8世纪至前7世纪间,著有教谕诗《劳作与时日》。
④ 希腊中部的一座圣山,据说是酒神、日神和文艺女神所居地。

德尔菲 ① 神谕会说话，不会写字。

有着太多问题的蛇袭来：
也许这条项链被苏格拉底 ②
智慧的父系先祖偷去了，或者用来
换取了一辆四匹马拉的战车。
或者项链字母表被赠送
给了萨福的一位美丽的母系先祖，
多亏了她的热情委身？

即便是如今，在莱斯博斯岛的一座神殿里，
祭神仪式间隙，在雅典娜 ③
脚下摆放供品之前，
字母表的真相，仍是一个有争议的问题。
是诗歌，不是对智慧的爱好，也不是自然
哲学，把希腊语造就成了一种神圣的语言，
周遭环绕着野蛮的语言，这一真相
每个值一粒葡萄的诗人都知道。

---

① 位于帕纳索斯山西南坡的一处圣地，以居于其中的传达神谕的预言者著称。
② 古希腊哲学家，生活于约公元前 470 年至 399 年。
③ 古希腊神话中的智慧女神。

## 回　顾

奥登唱过很多歌。我从未听过他唱过
赞美诗或瓦格纳。他喜欢
弗兰克·莱塞[①]的《男人和娃娃》。我打赌他唱过
"如果他们问我,我可以写一本书"。
听着他的男中音,会觉得很惬意:
"你要信主。"然后是他的特里斯坦[②]。
我想,年纪大了,他的嗓音像他的脸一样开裂,
是由于酒、烟和爱,而不是由于六十六个年头。
说"他让我变得更好",有点儿乱。
他替我把鳎目鱼剔了骨。
他曾多次充当血库,
当我躺在阴沟里流血的时候。
1948 年,

---

[①] 弗兰克·莱塞(1910—1969),美国歌曲作者,曾为百老汇音乐剧《男人和娃娃》等作词作曲。
[②] 德国音乐家理查德·瓦格纳的歌剧《特里斯坦与伊索尔德》中的主人公。

在罗马，我们乘坐卡车前往
卡拉卡拉山庄去看歌剧。
之后
我可能说过："我们来唱个二重唱吧——
我当莱泼赖罗，你当唐①。"
他可能同意了当 La Statua，②
要求："Pentiti！Pentiti！"③
我不知道他要求的具体时间。
我是否要花更多的时间去思想已经过去的
或者将要发生的什么？我可以听到他说：
"斯坦利，那现在呢！
你不是小牛，我不是母牛。"

---

① 莱泼赖罗和唐是莫扎特歌剧《唐璜》中的两个人物，前者是后者的仆人。
② 意大利语：雕像。
③ 意大利语：悔罪！悔罪！

**轮到我了**

从前我以为我的活动范围包括
按字母排列的城市——仅 B 部就有
巴塞罗那、波士顿、北京——的街道、公路和人
行道。

今天,早晨我写了四行诗,
然后沿 9G 公路,我把我的奥德赛开到莱茵贝克,
能吃上一顿丰盛早餐的最近的城镇。
表亲们开着两辆车跟在后面,大灯亮着。
这条路我已经开过几百次了,
我做了一个左转而不是右转。
过了精神错乱的十多分钟,
我才知道我转错了弯。
我亲爱的表亲们跟在我后面,
尽管他们知道我错了。女士们
有一些加油站的熟食点心。

我写下这些,质疑我的错误做法,
以及为什么在我回家后
十五分钟,我的右腿被床头柜
磕破了。流着血,我写下这些。
这一幕是一出滑稽悲剧,
一出错误的喜剧:
《无足轻重的重要性》。①
我很高兴邀请我的表亲们来吃早餐。
他们从缅因州驱车前来庆祝
我的九十三岁生日,由于亲情,
还有一些好奇心。
有关家族史,我可以给他们讲些什么?
也许我的左转是一种回到从前
重新体验过去的方式。

也许在我醒来两个小时后开车,
我一直做着一个我不记得的梦。
为了好运,我要告诉你我是如何度过
我九十三岁生日后的那个早晨的。

---

① 戏仿奥斯卡·王尔德的剧作标题《认真的重要性》(又译《不可儿戏》)。

一个小时后,我回到家里,阅读
《在工作的诗人》、圣女德肋撒①、宾根的希尔德
加德②。
上帝让我向左转是作为恩赐吗?
小心,独立的斯坦利。你倾向于
认为自己是对的。你理解得多么少啊!
只需转动一下手腕,你就能犯下
从地平线到地平线的一切过错。

我把我的脚抬高放在枕头上。
无疑,如果在房间里走动,
我肿胀的腿又会开始流血。
除了在注射器里,我已经多年没看到过
自己的血了。它是红色的,代表危险。
诗歌是危险的工作。一脚踩在刹车上,
同时一脚踩在油门上,
我通过一个**停**标志急速右转。
我喜欢红色。我有一个红色的邮箱,

---

① 圣女德肋撒(1515—1582),西班牙天主教会神秘主义者、加尔默罗会修女、反宗教改革作家,著有《灵心城堡》《全德之路》等。
② 圣女希尔德加德·冯·宾根(1098—1179),德国神学家、艾宾根修道院院长,人称"莱茵河的女先知",著有《认识主道》等,记录自己的灵视所见。

在加拿大有一栋有红色钢制屋顶的小屋。
世界是圆的,所以左转只是意味着
我到莱茵贝克的皮特餐厅吃早餐会迟到。
我可以在巴塞罗那、波士顿、北京
分辨不同的早餐。
我宁愿在巴塞罗那,ciudad de mis amores①,
在面对大教堂和哥特式街区的
科隆酒店拿 ensaimadas②,
café con leche③ 当早餐,
也不愿在纽约州莱茵贝克镇的市场街吃早餐。
我左转是因为喜欢我吃过的早餐:
厨房里有爱神,为我冲一杯咖啡,
在罗马是二合一拿铁,在普罗旺斯是玫瑰咖啡。

---

① 西班牙语:我所爱的城市。
② 西班牙语:螺纹面包。
③ 西班牙语:加奶咖啡。

## 啐唾调

### 1

罗丹常常往他的胶泥中吐口水。伦勃朗
用画笔饱蘸粪便。
我吐口水在我的拖把,我的打扫卫生的钢笔上,
画掉我在我的
笔记本地板上写的东西,像这样的句子:
"该死的美国算术,
加法和减法,
大自然的语言是数学。"
有多少黑人被私刑处死——
男人、女人、孩子被吊死。
男人们死去时阴茎勃起,精液和血液
喷在无辜树木的根部,
树枝留给天主教徒、犹太人、中国人——
他们受私刑的肉体被熨平,作为明信片邮寄。

暴民们盘桓不去，比爱更受欢迎，
"恨你的邻居，恨陌生人。
看在基督的分上，把有色人关进监狱，
赢得内战"。

## 2

每种生物都是天生善者，
哪怕是细菌。善者吐痰拉屎。怕痒的读者，
赐福的神明挠得我痒得要命。
傲慢的傻瓜，我想为每一种生物
写一首挽歌。我无法完成。
时间是死亡的助祭男孩。
如果那孩子愿意，他可以把我们淹死在沙漠里。
死亡是上帝的男仆。在我家里，
时间像袜子一样磨损，我相信破洞
可以用工作和爱的针线来补缀。
可是，时间的松散线绳拧成了绞索。

## 3

托尔斯泰写《伊万·伊里奇之死》

是为了研究死亡。伊里奇心爱的仆人
用他的肩膀扛起主人的双腿,
洗去他的排泄物。
托尔斯泰——和平主义者、素食者、私有财产的
敌人。死在一个火车站。
我吐口水给死亡的一贯正确。

## 4

我往这个啐唾调里吐口水:词语、痰液,
以及其他任何出现的东西。不要笑,
不止一次,我吐了十年。
每一种生物都不应得一首歌、
一句话,甚至一个修辞。
当没有什么可唱的时候
我就满足于回忆,
我用散文的男中音分享我的人生故事。
我一生中的大部分时间都与有翼的、四足的、
两足的生物分享我的卧室。
诱捕老鼠易,手搏老鼠却难。
所以,如果我必须从多只混战中做选择,
我会选择落单的。有的时候我做对了——

有的诗作我本可以写却从未写下,
不记得了。在地铁,心灵的地铁里,
词语是我的票,我通过旋转栅门,梦想。
问题是,我可能就玩儿完在大街上
或在其他地方的贱民当中,
语言的不服从者。
我确信,永远照耀的太阳
明天将为我照耀
一个没有我惯用的句号、可以命终的好所在。

## 赠 W.S. 默温[①]

今天是春天的第一天。

在希腊语和希伯来语中,呼吸和灵魂是同一个词。

你死了六天,你的呼吸和灵魂

从你身体的社会中被放逐。你的灵魂,

幸福的奇迹,奔向宝拉[②],她就是天堂。

她抱着你,就像马利亚抱着死后的耶稣一样,

你用双臂环抱着她——两个雕像[③]。

你现在是做什么的?你在哪里?

你的地址、区号、邮编是什么?

如果人生如你所言是一场梦,

我希望你的死亡观念是正确的。

你们两个现在都完全醒了,

---

[①] W.S. 默温(1927—2019),美国桂冠诗人。
[②] 宝拉·默温(1936—2017),诗人默温的妻子。
[③] 意大利雕塑家米开朗琪罗作品《哀悼基督》为圣母马利亚怀抱受难而死的耶稣形象。

你们依旧用亲吻道早安和晚安。

我认为，如果你想了解某人的心，
就找出让他心碎的原因。
我在做梦，醒来：接近真相。
我现在就像李尔王的信使一样，戴着足枷，①
因为我宣布了你将到来，
带着一百个爱你的诗人骑士。
我也有权发问：有多少美国诗人
是生活在法国的考狄利娅②，注定
要被你抱在怀里死去？

哈利路亚！假如没有撒旦，
世上就没有知识了。
从现在开始，我就是你的明眼狗，
一条杂种狗在等你的口哨要我来。
你不会吹口哨的。
儒略历、格里高利历、太阴历让你大笑。

---

① 在莎士比亚悲剧《李尔王》中，作为李尔王信使的年老的肯特伯爵被康华尔公爵用足枷铐了起来。
② 在《李尔王》结尾，李尔王远嫁法国的小女儿，被英军俘虏，缢死在狱中，李尔王抱其尸哀恸发疯而亡。

自从你死后,一千野花、
紫罗兰和三叶草年已经过去。

我昨天看到一只母鹿和一只小鹿,都长有你那样
的眼睛。
据我所知,如果人生是一场梦的话,
死亡就是一座图书馆,其中有来生的季节,
逝者写的诗集。
去他妈的尘与灰。妄猜一下,你现在海浪中
游泳,在赞美诗那般深厚的沙滩上,
光着脚在沙上写诗。
我想此诗的一部分就是你写的。
如果你收到这个,我打赌你会摇头,"不,不,"
微笑着说,"不要你用生命付账!"
你不需要,也不想要,但是
这些话是为了让你活下去。
对不起。

## 有心，有脑，有肾，有肺

我自认我是一个字母表，
没有曲音、重音或下加符号。
的确，我的字母 O 渐渐松弛，
但我有三个交叉字母 T。
我的 ABC 在睡觉。
我在口中和腋下测量体温，
用我唱的歌曲的数量。
我是可用的，这与能用不同，
一个人必须自然，才合道理。
"三"这个词是不是比"我们"更好？
我想随着我年龄增长，动词是我的拐杖，
我仍然光着脚走路——
我有分裂人格，又分裂了。
我用手指和脚趾计数时间时，
从未超过二十——八点钟。

今天我的恰当诊断：
"适合年龄的模范体形。"
我问富兰克林医生——没有他的照顾
我可能很久很久以前就已经死了——
"我还有多长时间？"
他说"五年"，这是让人高兴的理由，
但对于像我这样的傻瓜、海难者和行星来说，就不是了。
一颗行星认为它永远不会从天上掉下来。
我自认将死于行星病①，
但伊西丝是埃及的复活之神。
在逃离所多玛的过程中，我的母亲成了盐柱。
我是罗得的儿子，和姐妹们一起被丢下。她们的大腿
湿湿地沾着语言和人口。②

---

① 诗人自造词 planetisis，是"行星"加"病"的组合；后半部分 isis（伊西丝）又是古埃及司性爱、生殖和再生的女神名。
② 据《圣经·旧约·创世记》第 19 章所述，犹太人始祖亚伯拉罕的侄子罗得一家在上帝毁灭所多玛城之时逃出，其妻因回顾而变成盐柱。两个女儿为繁衍后代，把罗得灌醉，与之发生关系而怀孕生子，为希伯来两部族之族。罗得并没有儿子。

## 给丽贝卡·贝尔洛的庆生信

我的辩护人,我的遗嘱执行人,亲爱的朋友,
奥登曾描写爱如法律,
我们很少遵守,经常哭泣,
无关乎用爱,那个法定工具,
来从事法律业务的东西,没有什么
像吉他或萨克斯,更像河滨
教堂或无线电城的管风琴。
我建议,经哥伦比亚大学教员赞同,
你从事法律业务就像贝尔尼尼[1]的喷泉。
美丽而不神秘,在获得律师资格之前,
你做了希波克拉底式宣誓。
你向你的父亲和母亲发誓,
不是向阿波罗,而是向《妥拉》上的厄洛斯:

---

[1] 吉安·洛伦佐·贝尔尼尼(1598—1680),意大利雕塑家、建筑家、画家、早期巴洛克艺术家。

让世界变得更美好,爱,

帮助瘸子、病人和穷人。

我会活得更好一点,因为你教会了我

风和精神在希伯来语和希腊语中是同一个词。

也许在我们宇宙之外的某个遥远的星星上

生命和死亡是同一个词。

花和情人、法律和爱是同一个词。

你教人宽恕。你希望能教我

原谅我的儿子,我不会原谅。我是个差劲的学生。

当玛吉试图杀死哈尼时,我确实教过她:

"做一条好狗总比做一条坏狗好。"

我想给自己一个简单的教训,

即献上一首十四行诗比这更好。

那又怎样。我很高兴"这"与"吻"押韵。

爱就是教人爱,不是在课堂上

或床上,而是在任何地方。我试着去教

一棵枫树,让它像我爱这棵树一样爱我,

它却站在那里提供树荫和奇迹,

它想要另一棵树。学会说树语

比学中文还难。我祝愿全家人,

安杰伊、泰莎、你母亲、妹妹、兄弟

和你父亲生日快乐。

因为你，你所爱的每个人都会重生。

我越来越接近有价值的东西了。

我的生日是六月二十一日。

现在是八月十四日。我只有六十

二天大。许愿并相信你的愿望

是长岛土豆田上的一弯新月。

无论丽贝卡坐在哪里，她都会宣布爱的《大宪章》，

我的笔里就冒出一点白烟。

我跳霍拉、华尔兹、探戈和爱尔兰吉格舞，

白色的波兰和威尼斯之夜。

我用我不会写的希伯来语敬酒。

敬生活，特别是敬你。生日快乐！

!!!!!! 感叹号，不是蜡烛。

根据丽贝卡和先例，法律就是爱。

法律必须有它的先入之见，操心；

正义操心，操心不只是关心。

无论你对不公正的事情做什么，你都要遵守法律

和爱。爱是一个不定式，

爱是一个名词，主要还是一个动词。

真相是由一个意见不一的陪审团决定的,
我认为我不会庆祝
你操心的生日。你把为你的
每一个家庭成员的操心都放在了一个箱子里,
我把它带回了家。我打开沉重的箱子,
让我吃惊的是,操心是一个装满鸟的笼子,
猛禽和鸣禽都飞走了。有些操心是石头。
一块搬不动的石头,周围有一些卵石。
人啊,你以每小时八十英里的速度
在限速五十五英里的高速公路上开车。
陪审团已经决定你犯了
所受指控的爱之罪。你被判处
终身监禁,一辈子
戴着爱的铁球锁镣。

斯坦利

## 圣诞颂歌
　　——致卡罗尔·鲁门斯 ①

无家可归者在马槽中

欢度圣诞节。

他们不休不眠,他们等啊等。

然而,无家可归者往往爱陌生者,

尽管许多人相信他们只怕

在坟墓里才有家。

咱们来唱一首颂歌。

《宁静夜》或鲁门斯颂歌 ②。

音乐说你得当,

沮丧,不长。

名字和诗韵里有真理。

---

① 卡罗尔·鲁门斯(生于1944年),英国诗人。
② 卡罗尔的意思是"颂歌"。此处颠倒鲁门斯的姓名以为文字游戏。

这不是偶然,是时间的诡计:
耶稣与犹太人和希伯来人押韵合辙。
"你不可"之类的诫命也告诉我们做什么。

## 蒜　辫

我拆下厨房坏掉的钟，
把一辫大蒜挂在它的挂钩上。
啊，如果时间只是大蒜，
恋人就可以更真切地说："亲爱的，
我将爱你到大蒜的尽头。"
年、日、时、分——大蒜。
不再是新年快乐。大蒜快乐。
母亲们会给小孩子们读：
"大蒜有一回。"人类
就是这德行，大蒜人
与洋葱人打架。
我感谢圣诞节大蒜、斋月大蒜、
逾越节大蒜。这辫大蒜
与其他所有大蒜有什么不同？

## 眩晕症

我打开一本书,把它倒过来,
然后试着读一页。
这一页是我所在的房间
或我所处的街道。
我狠狠地摔了一跤,才得知
石头地板下陷了。
我捂住眼睛。这使我
暂时看不到也想不到一切
都上下颠倒。这世界是个无情的轮回。
我中风了吗?
我是一只挂在树上摇摆的怀表。

## 睡前故事

我坚持认为我的生活过去是,现在仍是一本翻开
的书,
充满了无人相信的事实。
主格、属格、宾格的关于
我的肉体自我的故事。一个暗喻:
我的动脉运载着句子;
我的身体,瘦骨嶙峋,大部分是水性的散文,
但我的心的解释
声中有诗。
动脉不是画廊。
我的十根手指和十根脚趾就是证明;
我手脚并用奔向
抑扬格五音步诗行。
我加入了一群强盗的脸。
我的鼻子,虽然是罗马式的,却不比我的
眼睛更有历史。没有谁的鼻子大笑过,

而眼睛却能透露内情。
为了好玩，我的鼻子可以嗅闻
寻找真相。我告诉你，爱尔兰人
在床上，说"不"要比说"是"多。
如果你跟着我，就喝双份威士忌吧。
我可以找到回家的路，
因为我可以读懂哈德逊河沿岸
花岗岩上冰川划拉的文字。
和我一起玩吧。我更像一个红气球，
而不是古罗马。满腔热气我缓缓放出，
我哧哧地发出福音。
在满百岁之前我将活到九十九岁。

我断线了，我的灯泡松了。
十二月会结束，一月会到来。
怜悯是夏季的第一天。
见了鬼了，我十三岁的时候，
发现了兰波[①]和洛尔迦[②]，

---

[①] 让·尼古拉·阿尔蒂尔·兰波（1854—1891），法国诗人。
[②] 费德里科·加西亚·洛尔迦（1898—1936），西班牙诗人。

在我读惠特曼①和弗罗斯特②之前。
我记得在婴儿床里,我被给予了
一只绿色的外野手的手套。我高兴得直蹦高,
弄出巨大声响,结果挨了一顿
骂——我记得的第一个惊喜。
三岁的时候,我听到父亲在我头顶上
朗诵莎士比亚。
他当时正在学习做他那个部门的头儿。
我们走路的时候,他牵着我的手。
较诸绿色的棒球手套,
我更喜欢《第十二夜》③这份礼物。
我不会忘记我无法回忆的东西。

---

① 沃尔特·惠特曼(1819—1892),美国诗人。
② 罗伯特·弗罗斯特(1874—1963),美国诗人。
③ 莎士比亚的剧作之一。

## 后同步

自由而平等,
我不用笔和铲子写虚构作品:
梦书、小说。
我写一首诗,讲述我不知道的事情。
因为我想知道。
是时候让朋友和孙辈知道了,
我从德尔斐神谕那里偷了一枝月桂。
我推开自己,继续前行。
我的诗可能类似
林中漫步,蛇的一击。
5月3日,或可能发生的什么。
关于语法,我无话可说,
牧羊人知道
动词不是披着羊皮的名词。
在我灵魂的游乐场里,今天我在蓝天里
与意义的白云摔跤,蔑视

脚踏实地。在喧嚣的城市里,我听见
一只麻雀的求友声——树林深处,
一声更甜蜜的叫声,无词的爱的呼唤。
主啊,我想听懂鸟儿的语言。

## 杂货篮里的蛇

### 1

今天是国旗日。
我每天都在门廊栏杆上,
而不是在旗杆上悬挂美国国旗。
我发烧了,误导了肿胀的脚。
我的管家、保姆、朋友,娜奥米·艾田纳,
说如果我不停止工作,
她就会报警。

我没有睡着时的记忆。
我只记得醒来时。
*求救!求救!*
我向自己求救。
我发现自己经度为 6 英尺 2½ 英寸,
纬度带为 40 英寸。

我吮吸着另一个人的乳汁词语。
半睡半醒间,我希望我的衣着经常宣扬我,
我对我自己是真实的。

我不记得我的社会保险
或传真号码——这个的开头。
我不会忘记我的海军服役号码:
6161612。
有了这条蛇,在杂货篮里,
我怎样才能开发出一个暗喻?
我记得别人的诗句
使我活着,还有音乐
陪伴着我,我最亲密的朋友。

岁月无声,犹如睡莲,
生虫,变枯黄——
阳光明媚的日子里,抓着一根树枝,
一条毛毛虫一路吃到一片
叶子的边缘,修建起它的茧。
经过足够的时间来变化,它破茧而出,
展开一瓣黑色的单翅,
然后两只黄黑相间的翅膀

展开,进入世界。

有人在接听我的电话:
"有人在吗?"莫西莫西,
哈喽,用日语。很难相信
19世纪之前没有人说"哈喽"。

## 2

杨士官长告诉我们
舰长预计伤亡人数为30%。
结果并不是这样的,
除了在我少年时代的朋友中——
比例更高。
我脸上和胸前都装饰着杰瑞鼠
脑门上的红白丝带。
亚瑟失去了一条腿。钢琴家丹尼,
他的脊柱被做成了手风琴。
我听说在奥斯维辛集中营,一碗汤
四个人一起喝就是"天堂"。
上帝给他们拴了绳,
还是相反。

真理不是事实,
有口袋,像存钱一样存着词语,
半真半假的小零钱,必要资金。
每个比儿子大的父亲都会听到的一条
诫命:你应送你的孩子去打仗。
你会活得更久。

在托斯卡纳,我参观了一座别墅,古老的葡萄园,
也是一个养牛和养猪场。伯爵抱怨说:
"德国人偷走了我的文艺复兴时期的锁和钥匙。"
我看到了 19 世纪的葡萄酒压榨机、
在蒙特普尔恰诺的葡萄上跳舞的女士们、
两条"不许进屋"的狗。
还有一些养猪棚。
我没有对主人说:猪很聪明,
干净,在屋里像狗一样可爱。
它们有美好的记忆,发哼哼声表示欣赏。
是人类中的猪把它们变成了猪猡。
杀一头猪比杀一个孩子还容易。
上帝知道我已经好几年没吃过火腿奶酪
三明治了。我是两支军队的志愿者:
救世军和诅咒军。

## 艳丽颂

三位一体的上帝是艳丽的。

充满欢乐,我爱鸽子,即圣灵。

面包是圣洁的,但不是吐司。

有些年老的漂亮妞很放荡。

红酒可以是干的,也可以是甜的。血是艳丽的。

在尼西亚①之前,骄傲不是一种罪。

圣处女穿着艳丽的衣裳

浸透了圣血,一件

她用泪水洗过的衣裳。她把玫瑰花和亚麻布

挂在晾衣绳上,用合掌祈祷的晾衣夹夹住。

一个异端小丑从罗马人的十字架上

翻筋斗跳下来。他冲着惊恐的人群

---

① 尼西亚是小亚细亚一座古城。公元325年,罗马皇帝君士坦丁大帝在此邀请世界各地300多名基督教主教召开会议,确立了大部分为各派教会接受的教义,史称第一次尼西亚公会议。

狂叫："请看处女脱光光。
在这可怜的盒子里投一枚硬币，
然后拿维纳斯著名的鬈发
跟圣处女和抹大拉的犹太人头发比比。"
三次否认者圣彼得 ①
听犹太人耶稣说："在这块石头上
我要建造我的教堂，在其中
死亡没有权力。"这块石头是聋子。
死亡和生命是夫妻。
谁是夫，谁是妻？
赤裸的死亡戴着艳丽的无花果叶。
每个婴儿车里都有死亡，一个私生的孪生子。
生命与死亡牵手。上帝主持婚礼。

---

① 彼得是耶稣的大弟子，在耶稣被捕时3次否认认识耶稣。彼得之名在希伯来语中意思是"石头"。后来，彼得创建基督教会，实现了耶稣的预言。

## 冰的安魂曲

格陵兰岛 40% 的冰在一天之内融化了。

年纪老大,我选择不当行为,我开骂。
我说任何地方都没有冬季,
月球上的冰是水,
我们将再也看不到满月了。
然而,月亮女神塞勒涅
指挥海洋会众
起身,站直,跪下。
她在晚上被看到,仍然

听见昔日的向日葵田里
对新月的祈祷。
清晨的太阳来访。
我看到我的手和笔的影子。
在我印有横线的笔记本页面上,

我张开手,看到我手指的
影子随意到处移动,令人惊喜。
我决定写作。影子消失。

唱诗班唱:我主,冰是犹太人、天主教徒
还是新教徒的水?够了,够了。阿门。
中国人拉着阴历年的人力车,
有一个现代水博物馆,
来世花园和稻田。
天鹅在痛苦中步行;
雪鸮惊恐地呼呼咳嗽着,
试图与海鸥一起游泳。

白兔与水鼠一起游泳。
水上城市:阿姆斯特丹、威尼斯、彼得格勒
沉入海底,成了珊瑚礁。
现在鲤鱼和海龟在钟楼里游来游去。
鱿鱼为什么躲在可怜的盒子里?
爱斯基摩人①,有七个词称呼雪,
不用雪橇走路,迷了路,需要雪橇犬

---

① 即因纽特人。

嗅着气味回到他们正在融化的城镇。


胡同里的猫常常从一棵树跳到另一棵树,
像猴子一样,躲避街道上的水。
喜马拉雅山的白老虎
哭而无泪。
如果无辜者现在遭屠杀,
逃往埃及乘的是一艘小船,
圣婴裹在救生衣里。
一头驴子在后面游水。


有人相信从来就没有冰。
我歌颂天怒之日,第二次死亡,
那时巨大的冰滴,按照
启示录的说法,每一滴
从天而降落在人身上。
大卫作证,地球成灰。
审判者降临,要求了解
使用冰这个词的严格准确的原因。

## 快照颂

今天我看到一张 W.S. 格雷厄姆 ① 的快照,
在苏格兰或伦敦的一个年轻人。
在战后的 50 年代初,
在村 ② 里我们是朋友,几乎是哥们儿。
我没有认出西德尼。
他的面目已完全出离我的头脑。
我不是每天照着镜子刮胡子,
我不擅长认人。
我再讲一遍下面的故事:
我在卢加诺酒店醒来时,
看见一个不认识的老家伙
在有镜子的房间里穿着红色睡衣。
当我看到我深爱的已故的金毛猎犬、

---

① 威廉·西德尼·格雷厄姆(1918—1986),苏格兰诗人。
② 指美国纽约市格林尼治村,著名的文艺家聚居区。

黑色拉布拉多犬和杂种犬的照片时,
我常常分不清谁是谁。
有时我认得杜尔西、霍瑞修、桑丘、
卢克①,借助它们旁边的树的年龄。
我怀里满是死去的朋友、
野花、一年生植物、多年生植物。
我家里满是诗人和他们的诗集的味道。
多亏了他们的诗,我的记忆说谎
就少些错误,没有面目的谎言。那个二十三岁的
标致女孩
戴着一副说她七十五岁的面具。
她叫什么名字?

我的面目比月亮还多,
我看见树顶上月亮的半边脸。
有些面目我认识,
眼对眼,鼻对鼻,保存
在我驴棚中的档案里。我忘记名字。

---

① 诗人养的狗的名字,都源于文艺作品中的虚构人物。杜尔西是美国音乐剧改编的电影《得克萨斯最好的小妓院》中的人物;霍瑞修是莎士比亚剧作《哈姆雷特》中的人物;桑丘是塞万提斯小说《堂吉诃德》中的人物;卢克是好莱坞电影《星球大战》中的人物。

如果我们都是无头骑士或
无头女骑士,在找我们的头,
那不会更好,那会是中世纪。
现在旋转木马转得越来越快,
绕着世界一圈又一圈;
三十五毫米胶片卷得越来越快,
人只是颜色。电影准点结束。
有人称之为睡眠、无酵天堂的
那宏大而不可见的终场,没有剧照。

初次曝光之后,六十七个年头模糊了一张脸。
我从没见过灵魂从嘴里飞出来。
可怜的灵魂被锁在牙齿的栅栏后面,
最终在死亡到来时才解锁,
不只由善功恶行,而且由
莎士比亚的优美词汇,
没有词形变化的英语。

晚餐时,狄伦·托马斯和西德尼打了起来,
再次发动苏格兰-威尔士战争。
狄伦说:"你应该去上情报大学。
我会唾在你眼睛里,

可是那里已经有那么多唾液了,装不下了。"

我写的任何东西都与英语的主要保护者
有些关系,或没什么关系。
以聪明和愚蠢的方式,
格律、重音和音节发誓要荣耀语言,
神圣与渎神的秩序与混乱。
作诗者点燃并扑灭火焰。
他们写作,姿态呈正面或侧面,
耀眼的光线照在纸页、
墙壁、泥板、羊皮纸、龟甲上。
许多压根儿没有写下来,只是说了出来,
被记住了。

## 我有什么资格说?

历史是普通的,但不是 W.H. 奥登风格的。

施予穷人是奥登风格的。

他想爱陌生人。

有圣公会大主教。

主教的长袍:凯尔特白、礼仪蓝、

多彩绣花的译者。

在一个特定的日子里,鉴于他所写的一切。

卡列班在落下的幕布前的讲话 ①

给了奥登最大的乐趣。

我想,他自己的灵魂恩准了他的祈祷。

他是喜欢亲吻切斯特 ② 早安还是晚安?

---

① 奥登于 1942 年至 1944 年间创作的长诗《海与镜:莎士比亚〈暴风雨〉评注》第三部分"卡列班对观众说",拟莎剧中人物卡列班的口吻用亨利·詹姆斯散文体论说作者与观众、生活与艺术、形式与自由的关系,是其得意之作。
② 切斯特·卡尔曼(1921—1975),美国诗人、歌剧作家、翻译家。奥登于 1939 年爱上了他,尽管 2 年后结束了性关系,但仍与之同居至死。

他爱切斯特是否胜过爱马槽里的婴儿①?
问题:"没有问题,
难道宗教是一种建议?"
我希望我是对的,他在人类堕落后相信
威廉·詹姆斯②所谓"邪恶的欲望"
及其上帝,那万能者。
装在衣袋里越过大西洋的
《谢谢你,雾》③会比一船
威士忌和卡普雷特酒的寿命更长久。

---

① "马槽里的婴儿"指耶稣基督。奥登于1940年皈依了基督教。
② 威廉·詹姆斯(1842—1910),美国哲学家、心理学家,小说家亨利·詹姆斯的哥哥。
③ 奥登的最后一本诗集,于他去世1年后的1974年出版。

## 这些日子

我已衰微。
我用一种新的语法时态——
遗忘的熟悉者——思维。
读书,我还能学到我不懂的东西。
听力吃力,我有时会在熟悉的音乐中
听到一些以前没有听过的
美丽动人的东西。

如果人生是网球,那就是赛点。
我活得已比我不得不活的时间长得多。
重发球,对于我还有的朋友,
我现在是一个更好的朋友,
我已悄悄洗脱了旧日的恶名——
我现在号称"龙卷风"。
不用旧日明显的方式,我爱得更多。我削球,
我不会因为羽毛枕头、割下的草而打喷嚏。

种族主义者和偏执狂我看是无可救药的，
虽然我知道这不是很正确。
我发 Ace 球，脚步违例，大力击球，一个正手得分。

我喝得少了，因为小酌之后，我就睡着了。
参观西班牙国立美术馆三个小时后，我感觉头晕，
大脑供血不足。
我正前往牟利罗咖啡馆，
我在那里坐下，来一份夹肉面包，冰茶，
就在那座认为"理智的沉睡
产生怪物"的雕像那边。
我经过一个天才的非洲画家。
我没有停下来帮助他，或者说犯下
圣女特蕾莎警告修女们不要犯的罪——好奇。
我为失去一个可能的朋友而悲哀。
我的头脑的机械出了点问题。

这些日子和旧时的日子多么不同。
比起"过去"，我更喜欢"旧日"。
过去，甚至不因过去而出名。
我可能会列举一些我可以做，但在旧日
我没有做的事情：我没有偷窃诗，

哪怕几个词语、意象。真是可惜，
写我的旧书时，我没有偷盗，
除了从古代和贫民窟语言中。

我不明缘故说一些事情，
越来越频繁地不着边际。
我写作是为了发现缘故。
未知事物是良好的土壤，
我的纳罕变得合理，
变成比喻、种子和犁、
阳光和雨露、诗句。
我翻到去年的笔记本中的一页，
在其中我不应该再写什么，
日期是 2018 年 6 月 2 日——
在那一页，尽管我在住院，
左脚踝骨折发紫，右脚踝
肿胀发青，我写道："我的灵魂在跳舞，
在一个美好的六月早晨，
欢迎着满园春色，
准备永远活下去。"

我把这首诗包在一块不幸的饼干里。

我跳跃,我跳跃,我跳跃。
我把这只兔子送给蒙古猎鹰。
如果我回到中国,我就不会再徒步走
长城,就像以前我从兰州出发那样;
我会去看好朋友,我有一个中国兄弟——
以及我在立陶宛有远亲——
被杀害的门钉——的可能性。我是
一条在历史的尾巴下闻气味的老狗。

世界上的爸爸妈妈们,你们和我一样,
是每个生物的远房表亲。
我家周围有许多树,
属于我喜爱的各个民族。
我骄傲,狐狸、松鼠、蜂鸟
和蛇把它们一天的时间都给我。
我听到树上的居民在呼唤,
用我现在比旧日更听得
懂的语言发着牢骚。

## 一个真实的柏林小故事

克里斯托弗·伊舍伍德[①]
说:"五十万同性恋者
在死亡营中被杀害。"
有人纠正他:
"你错了,只有三十万。"
克里斯托弗回答:
"我不是做房地产生意的。"

---

[①] 克里斯托弗·伊舍伍德(1904—1986),英国作家,1946年入美国籍。1938年曾与奥登同访中国,合著《战地纪行》一书。

## 低音 A

为什么我需要用镜子反映
我的凹面理发店牙医学院
通俗的全科医疗从业者,
我的科学家革命的遗产,
我的犹太小镇鞋匠-学者表亲们,
在科夫纳被谋杀的,割了包皮的狗?
我吞下了历史,给老鼠的奶酪。
一天凌晨五点,在一张特大号床上睡不着,
怀着难堪的伤感,我发现自己已经
在一张横格纸的边上勾勒出
奥登在两面镜子里刮胡子,
一张脸年轻,一张脸六十六岁,
一个聪明可爱的皱纹迷宫。
他的母亲用一架立式钢琴教他。
我的钢琴上最低的音符是低音 A——
大多数老钢琴没有这样的音域。
我有。

## 袖珍镜

毕加索,十四岁,画了一个 19 世纪的
餐具柜,上面有映在镜中的瓶子。
莫兰迪画瓶子没有镜子。
诗人受英语语言中
固有困难的刺激。
意义背后有镜子。
我可怜那些认为镜子是忠实情人的诗人。

在太初之道和光之后,上帝创造了水、
湖泊,最早的镜子,最早的游泳者。
在长江和尼罗河附近,
中国和埃及诗人-游泳者
在铜镜和银镜中看到了恋人的脸,
写下了《诗经》《亡灵书》。
一个聪明的奴隶说:"镜子是欺骗之神。"

然后古希腊铜镜被自然哲学家做成了
威尼斯玻璃镜。
多亏人们对镜子的普遍需求，
爱神被蒙上了眼睛。无需理由，
我看你的手，试图看到你的灵魂。
如此疯狂，认为身体的每一部分都是一面镜子。

采用英联邦和外国
诗律的背后有镜子，
英国酒瓶和酒杯背后有爱尔兰诗歌。
Slàinte!① Lechyd da!② 干杯，镜子、
凯尔特圆桌上的竖琴威士忌和黑啤酒、
挂在墙上的爱尔兰蕾丝桌布。
穿着他的红色卧室拖鞋，
微醉于英国的困难，身为上帝和上帝小姐的热爱者，
接近故乡，奥登从希腊共同语
和他不懂的斯拉夫老教会圣餐仪式得到了安慰。
为法兰西而死的年轻诗人们背后
是兰波、马拉美和波德莱尔。

---

① 爱尔兰语：祝你健康！
② 威尔士语：祝你健康！

## 曾经改口的伽利略,他告诉了我真相

曾经改口的伽利略,他告诉了我真相:
宇宙早在地球上有信仰之前
就已存在。一个事实,一个无爱的思想。
很快,悲伤同爱一道来到世上。什么是他的?
什么是她的,鉴于多种多样的爱:
圣诞快乐,除夕之爱,
别的什么也想不到的恋人们,
其他每一样都是假的。
恋人的日子从不寻常。
有不能背叛的恋人,也有背叛的恋人。
在剧院里,有些人跟不上剧情。
我从我的望远镜里看到
一个宇宙舞厅。我跳着火鸡舞,我摸索着
在我的诗句的迷雾中寻找一条道,
不是佛陀的道,以拯救我的生命。
有昨天、明天、今天。

无论命运如何，爱的价值有多大？
比什么都重要，我会赌上我的性命。
诗可以死。如果我输了，我会赌上我的性命。
爱这个词我用得太多了，
都把阿波罗和厄洛斯压成了驼背。
在一个没有音乐和假期的世界里，
主要是沸腾的海洋和火山。
我的错误是我的，不是伽利略的。
太阳将与地球私奔，
一秒一秒地——直到那时，爱将停留。

## 纽约市树木颂

我们的树木被水泥隔开了
似乎心有不满;
它们越长越少,
与下水道共享雨水。
这个城市,猛禽和鸽子的家,
是个孤寂的森林,
我的窗台和消防通道是个巢窠。
有一个没有树木的地下铁,有时候是高架铁
凌驾于树冠之上,
A 列车停下,开动,
要听凭
古旧的电力做主,
嘎吱作响,就像散文中的诗歌。
诗歌中没有散文
或者说地狱里有天堂,
天堂里没有地狱。

音乐是天堂里唯一的艺术。
如果你跪着祷告
站立或干脆不站起。
我希望摩天大楼倒塌,
变成石头和窗户山之后,
还会有树木。
感谢上帝,现有一个布鲁克林天使。
一座不朽的桥。

## 为娜奥米作

我亲爱的圣卢西亚女士
娜奥米·艾田纳,
认得清过去和未来,
就好像它们是两位绅士,
亲吻着现在的手,
在邀舞,不是在过去去的地方。
过去藏在拥挤的公交车上吗?
娜奥米把那魔鬼踢到公交车下,
赞美着耶稣。
时间,据我的坏书所说,是一窝
与上帝的意志作对的毒蛇。
我换一种说法:时间就是早餐,
路上有一个掉头转弯。
有一些后来快速到来——
时间是昨天的午餐和昨晚的晚餐,
时间是玉米棒子,我们从左到右吃。

是的,巴别塔上还有一个钟,

没有指针,没有人知道时刻。

每天我都要记住时间就是食物。

一种特产,无论我的心情如何,

拾级而上叶芝①的古老旋梯

去接受最后审判的战利品。

我们必须在死吃掉我们之前将其吞噬。

在各地最后的比赛中,

生是兔子,死是乌龟。

亲爱的朋友,看看你让我做了什么。

这是我向你道早安的方式,爱你——

上帝是诚实的真相,死是兔子,生是乌龟。

然后是喋喋不休地说话、唱歌的我们

其余人,我们知道无论什么时候,我们都是有福的。

---

① 威廉·巴特勒·叶芝(1865—1939),爱尔兰诗人。他在爱尔兰西部有一处不动产,是一座古碉楼,内有盘旋而上的楼梯。

## 我欣赏桌布上一只勇敢的蚂蚁

我欣赏桌布上一只勇敢的蚂蚁
正把一块面包屑运往屋外
一个殖民地,一个聋子英雄。
一个能在轰炸中睡觉的诗人,
恩岑斯贝尔格①写作了《政治面包屑》。
在这个卡茨基尔②的夏夜,
我很高兴与数百万光年
之遥的星星相近。

谁发明了渴望和归属?
我提议我们是为双人床而造的,
一个对一个,又遥不可及。
乌云笼罩着相近,

---

① 汉斯·马格努斯·恩岑斯贝尔格(1929—2022),德国诗人,著有随笔集《政治面包屑》(1982)等。
② 美国纽约州一城市名。

世界的美丽。
远离此处的宇宙憎恶
我们轮转的时尚、我们的价值观、
裙子的长度、圣奥诺雷

新市区的帽店。
阿波利奈尔①认为星星读书,
上黑洞学院。
英语是如此年轻的语言,
很少有星星认为值得学习。
它们研究距离和引力,
它们彼此默然同住,
好像修道的嘉布遣修士。

穆斯林是最早懂得星星的人。
在死亡之船 S.S. 相近号上,
右舷是左边, 左舷是右边,
正穿越盲目的海洋。
我们什么时候才能抛锚,系缆?
占星术、伪经!闪亮的星星

---

① 纪尧姆·阿波利奈尔(1880—1918),法国诗人。

是一种拼写和拼写错误的形式。
我半信半疑一个小丑

对死神的团队讲话，
用法语说（我翻译的），

身穿毕加索蓝衣①："Enfants!"②
摩西③被赐予了一条诫命，
在他耳边喊道："保持相近。"
死神是丑陋的，阻止基督之死
对于我们所有人来说都是美好的。我相信
万有之空无——碎屑、

灰烬、日期、尘埃，在一个女性的月亮下。
我认为音符、文字、颜料、
岩石都有一定的意义。
我敢打赌，你的生命创造还在进行当中。
我读歌德是为了寻找美丽的意义，
他写道，看到一幅画，改变了他的生活。

---

① 毕加索早年创作有所谓"蓝色时期"。
② 法语：孩子们!
③ 犹太人领袖，传说曾受上帝赐 10 条诫命。

一个人能做什么？该死的相近，
编撰吧！在你分解，

在口吃的摩西耳边喊："救命！救命！"
把野蔷薇中的蚂蚁造成英雄之前。

## 微笑的理解

有一种理解,
一种微笑的理解,
在果园和管弦乐队之间。
爵士乐和巴赫是肥料,
额外的东西。树木比音乐和诗歌
古老得多,曾是诸神,理由充分。
它们有身体和灵魂。树木是合唱团,
女中音、女高音、花腔女高音、
男高音和男中音,以及阉人。
我与音乐和树木生活在一起,音乐果园、
木管乐器和六重奏。我唱
"我不对自己撒谎"蓝调。
我从自己的痛苦中学会理解
别人的痛苦。我攀登音阶。
树木有一个吹口。我是一棵小树苗。
呼吸和风吹过我。

这个冬天是落叶的尾声:
红杉树、木兰花、路易斯·阿姆斯特朗、
科尔特兰柳树、柑橘树和常青树。
我有一帮树兄弟树姐妹,
我们不是忧郁宝宝。
我像岩石一样衰老,不是像摇椅。
岩石不戴眼镜,
有一颗里面有冬天的心,
或使用手杖。对于任何叫我
"小子"的人来说,这很危险。

## 2019 年圣诞节

愿上帝让你们安息,快乐的先生们,
愿有些事情让你们失意。
一万四千只绵羊死在倾覆的船上。
一万四千只装在货舱里,转运
自罗马尼亚,卖到沙特阿拉伯,
听起来像贩奴。
一只绵羊有一百三十磅重,
羊羔轻些。我吃羊肉和羔羊肉,
但我自豪我从未杀过羊。
奴隶的孩子比羊还轻,
标价也较低。我没有说"无价"。
我们的内战造成了七十万人死亡。
他们是为奴隶制的存废而战,而不是为羊而战。
没有奴隶、逃亡者和自由的
非裔美国人军团,

没有阿波马托克斯①：北方就不会赢。
后来，多亏西班牙炸沉缅因号的谎言②，
才有理由将古巴、夏威夷、菲律宾纳入囊中，
苦甜参半的殖民化，蔗糖战争。

当我还是一只不听话的黑羔羊时，
舒格·雷·罗宾逊③就已是拳击
冠军了。他优美而勇敢，
与就业者和失业者、妇女和男人一起反击，
对抗在哈莱姆区把炮口指向北方的
坦克，马尔科姆·X④和穆罕默德·阿里。
在不同的日子里，在仪式之后，在祈祷之后，
骚乱者从教堂和清真寺中肃然走出，

---

① 美国弗吉尼亚州中部一村落。1865年4月19日，美国北方联邦军与南方邦联军在此地进行了决定胜负的最后一战。
② 缅因号是美国海军的一艘巡洋舰，在古巴独立战争期间被派往哈瓦那港保护美国利益。1898年2月15日，该舰煤仓自燃，引发弹药库爆炸，导致该舰沉没。美国报纸宣称西班牙人该对此负责，遂导致美西战争爆发。
③ 舒格·雷·罗宾逊（1921—1989），本名沃克·小史密斯，美国职业拳击手。他14岁时想参加业余拳击比赛，但由于年龄不够，无法获得许可，于是冒退出选手雷·罗宾逊之名参赛，一炮走红。后来有位看比赛的女士夸赞他"甜得像糖"，从此他就得了"舒格（糖）·雷·罗宾逊"这个诨名。
④ 马尔科姆·X（1925—1965），本名马尔科姆·利特尔，美国非裔穆斯林教士、民权活动家。

无家可归者、被扔石头者、吸毒致幻者,还有天
使报喜日。
对于每个黑人来说,有一只脚被困在地狱中
是危险的,对于黑人艺术家、作家、诗人,
一长串的英雄来说也是如此。抢劫者打破窗户,
窃取他们需要的东西:电视机、冰箱,
他们可以在街上匆匆卖掉的东西。
我忘了白人拥有商店,有时拥有监狱。
隐形的铁丝网让孩子们从他们的国家
向南走。去邻近的任何地方都很爽,
黑人每隔几码
就转身看看谁在后面跟着。

迷失在误解的荒野中,
我看到蓝色的向日葵和蓝色的玫瑰。
我们都有权利唱蓝调。
"玫瑰叫任何其他名字闻起来都一样香。"
奴隶不是玫瑰。大师们,为什么不写
写一首简单或复杂的诗,并注明
奴隶制仍然多么臭!我的宝贝儿们描述
遗憾的改良气味、争取
投票权的战斗、产前护理的恶臭,

为了基督的缘故,把男人和女人的生活
拿到你灵魂的洗衣房去;
她们藏着眼泪,并非受某些
监狱餐桌上的盐刺激的产物。

我们信上帝。75% 的国会成员
代表 10% 的人口。
棉花之乡的旧日时光
没有被遗忘。新的思想诞生了,
在新奥尔良的几次热舔之后。
你们,自认为是好蛋,
炒的或煮的,
这是在半夜的某个时刻。
此刻醒来,边思想边尿尿,我记得
根据达尔文的说法,为了生存,万物
与万物斗争。今天在非洲,70%
人口在三十岁以下。
50% 失业者在思想和梦想,
无所事事。非洲的肥沃土地正在匆匆
变成沙漠。河流和海洋
正在上升,再度泛滥而没有方舟。

现在是半夜的某个时刻。
我要在快乐的圣诞节,早上七点,
看看我的信笔乱写是什么样子的。

一　笔


有太多写作
不关于什么。
我走在误解的森林里,
看到狐狸在追赶兔子,
野生的历史和素习。
我发现鸡油菌和电话
通往未知世界的线路。
我被一个女人的坦率和伪装所吸引,
她有着美丽的眼睛,
灵魂的剧院。
它们在一出戏里扮演
主角,在心碎
或话出口之前。
无疑,幕布落下——
没有谢幕。
今天我走在薄冰上,

不关于什么；
我画掉精确之处，
仍仿佛和假装
有精确的意义。
我写下一笔不言之语，
意谓这不被阅读。
我感谢并感激月亮很亮。
我感激今晚没有月亮。

## 消失的早期诗作

就在我到达那里之前,我用中文敬酒:
干杯。干杯。我去过西藏拉萨——
永无止境的冰层如此之厚,死者
是低声的祈祷,嘴唇紧贴着耳朵,
宰割如仪,然后喂给
尖叫着安魂曲的白背秃鹫。
在出生、结婚和死亡时洗澡
对我来说是不够的。不可教化,
我敲着我的想象力紧锁的门。
我闻到了我之必死的恶臭气息。
我正把一只鳄龟从鹿野路上挪开。
它咬住了我的鞋子。我向后倒退
掉进了马唐草沟里。我跌破了右脚踝
和左手肘。那天是阵亡将士纪念日,这一天
我三次摔断了我这个老兵的骨头。
我知道没有人知道又如何?

我写了一首歌,开头是
"我从做爱中向后倒退
到一如平常的日子里"。
我活着是为了给我临终的母亲唱歌,
在她的床边。现在,记忆就是我的母亲。
我无法逃脱诗歌的囚笼,
诗集诗集诗集诗集,不是石头。
我可以把自己像儿童的陀螺一样用一根
绳子抛出,变成红色和蓝色,然后旋转
成一种单一的颜色。爱来到我的牢房里,
和我一起被监禁。一位女士的缺席
把她关在我的监狱里,一言不发。

## 有两个标题的诗

隔壁的烹饪说鱼和卷心菜①

有朗诵和 Gespräch② 音乐,
谈话音乐,*Pierrot Lunaire*③,
十二音音乐,你可以
与这文字把戏作比较:

烹　饪

为什么我不明白气味今天说什么,多年前说过的话,
气味香甜的最后晚餐对圣洁的就餐者说的话?

---

① 迈克尔·施密特。——作者原注
② 德语:谈话。
③ 法语:《月迷彼埃罗》,指奥地利裔美国作曲家阿诺德·勋伯格(1874—1951)创作的一部音乐闹剧,根据比利时法语诗人阿尔贝·纪劳(1860—1929)的同名组诗中的 21 首诗作的德语译本所作。该剧于 1912 年首演,其中并没有运用十二音技法。

恶臭不说肮脏的绿词儿，思想有味道，
词语的味道取决于正在发生的事情：
年龄、垃圾和卷心菜有味道，
鉴于语言的炉子上煮着什么。
Laila tov，这是希伯来语的"晚安"。
说起来味道很美。主啊，"晚安"
有不同的气味和含义。
接下来，海洋说"地球将沉没"，
海浪说"突然的死亡，突然的死亡"。
教堂里的乳香来自圣言，
八福①。我想我刚刚听到一只鸽子
散发着焚香的气味，咕咕啼叫自由，自由。
歌曲也有气味。厨房的花园是争论。
歌剧院的更衣室里有紧身衣和汗湿胸罩的气味，
一股气味说："窗帘和阴茎都在升起。"

气味的语言对我来说很难学，就像中文。
我想我听见了一朵花或一只蜜蜂说："爱我。"
我把愚蠢的头放进玫瑰花丛，以示爱慕，

———————

① 《圣经·新约·马太福音》第 5 章所载耶稣基督在登山宝训中列出的 8 种福分。

上帝给了我一脸的棘刺。

最好是问一个孩子,为什么丁香花丛对紫罗兰说"我们都是祖先,花儿"。

我想我听见了海洋的气味说:"记住。"

我认识一位洒了香水的女士,她的气味说"做我父亲"或"跟我走"。

她的头发低声说:"Ich liebe dich."① 我问她头发的气味

为什么说德语。"我的辫子里编有歌德。"她回答。

我明白了,但我想闻起来像洛尔迦。

事实是,我父亲的家族是前伊比利亚人。

尼罗河流淌,说她闻起来像奈菲尔蒂蒂②、

莲花和三角洲的渣滓。

一个女孩在街上与我擦肩而过,她的气味咕哝着什么,

用一种我不懂的语言。她的气味是愤怒。

那是昨天,今天我散发一种远在

理解之外或之前,几乎什么都不是的气味。

任何聆听的气味都可以把我叫作"不够数"。

---

① 德语:我爱你。
② 古埃及的一位王后。

河流和十四行诗都有交配和拟声词的气味。
不过,我还是听到了亚马逊河与哈德逊河的谈话,
其中充满了长元音和方音。
一个朋友告诉我他看到过一种气味跳舞。
我说那一定是在阿根廷的妓院里,
那里散发着探戈舞和卡洛斯·加德尔①的味道。
我自己的气味说:"腋下,
我是烤箱里的面包;裆里,是羊角面包。"

---

① 卡洛斯·加德尔(1890—1935),阿根廷歌手、演员,有"探戈之王"之称。

## 不读不写,且等待


不读不写,且等待
午餐会的客人,我认为
我在布朗克斯区河谷街道① 煮的鱼汤
并不是阿诺河② 畔的 zuppa di pesce③。
成年人不会把餐巾塞在下巴下面。
在但丁的时代,有一种金币,
一面是圣约翰,另一面是百合花。
教皇派对皇帝派,皇帝对教皇,
后来是眼睛对望远镜。
德国人轰炸了圣三一大桥。
下一个死的会是谁,有人要生孩子了吗?

我的客人迟到了,是我从未见过的学生。

---

① 诗人在美国纽约市的居住地。
② 意大利托斯卡纳地区的一条河。
③ 意大利语:鱼汤。

在政治上,我支持鱼议会,

它们毫不犹豫地追随领袖。

鱼是异教徒,我从未钓到过一条基督徒鱼,

但耶稣是圣劳伦斯河上的向导。

我相信我一定曾在基督徒鱼,参议员和众议员

头顶上划过单桨船、双桨船,开过机动船。

我遵守中世纪主人待客人、

客人对主人的规矩,中世纪名字的重要性,

Da,给予,是 Dante① 的略称,原先是 Durante。

我不期望在午餐时听到响亮的打嗝声,

斋戒后的赞赏。


既然我的狗今天不在这里,

我应该在桌下喂谁?

无论我坐在哪里,我的狗的鬼魂都在桌子下面——

霍瑞修、桑丘、杜尔西(杜尔西妮娅)、

黛西(蒙托克·黛西)、卢克、

皱皮(宙斯)、维尔薇、润巴、

尼基、哈尼,以及还活着的玛吉。

---

① 音译但丁,意大利文艺复兴时期大诗人之名。

我忘记了一条狗,他或她在屋外,很孤独,
我做着白日梦。厨子,他被烫伤了,
尽管他用长柄勺子。我打开屋门。
在门上方,外面有一个两张脸的
大理石神像,雅努斯,初始之神,
通道和门的守护者。
他那张年轻的脸望着幸福的未来。
他那张长着胡须的老脸在寻找过去。
这是一个美丽的一月的日子,
以文明之神的名字命名①。

---

① 一月,英语 January,源自拉丁语 Januarius,即属于两面神雅努斯的,因其为一年之始,一面回望过去,一面朝向未来。

## 原因不明

我很抱歉我害怕
抱一个六周大的婴儿。
我有原发性震颤。什么东西
在我手中都不太安全。
"原发性"的意思,在医学上是
"原因不明的"。我有一段历史,
我把某人的部分
牢牢握在手中,但不是
一个十三磅重的婴儿,最近获得的
最后一磅。我吻他的头
没有问题。我请
他有五个孩子的祖母
来抱他。她请我为孩子祝福。
我确信约瑟抱基督圣婴
没有问题。
我把坠落的燕子

轻轻放回

到它们的巢里。我可以把我的恐惧

列一个清单。清单的顶端

以字母 D 开头。

我宁愿没有人说:"我很抱歉,

但他一生过得很好。"我的灵魂

是寄出的特快专递,

装在一个没有地址的信封里。

## 男　仆

死神，你是上帝的男仆，

奉命不守安息日：

你要劳作七天；

你要杀一切活物；

你要偷盗一切活物之物；

你要对一切活物毫无怜悯；

你要妄称主的名；

你要娶你死去的自己；

你要贪恋邻舍的妻子、女儿、儿子。

与你自己通奸！

你骄傲，不可死，

因为你服事主。

你是道的仆人。

你挡住了光，不给黑暗。

死神，你就住在我们中间。我相信

我听见主说："是的，有充分的理由。"

## 节日快乐

我们从未在一起过过生日
或节日。让我们试试
下一个感恩节,或安琪尔的生日。
我们不是一家人,但我们是兄弟。
妈妈对生活的热爱,爸爸的诗歌,你,
一个像耶稣一样的犹太人基督徒,我,一个犹太人,
用我所有剩余的力量试图
超我所能使宇宙恢复正常。
在中央火车站和彼得斯菲尔德火车站
我擦亮了历史的鞋子。
我爬上绿色的柳树,
挥手让未来向我们走来,
骑在一匹跛脚马上
或载在一辆有三个爆胎的卡车上。

我从未听过一场无声的生日聚会。

哈姆雷特的生日是什么时候?
我把美好的目光投向生与死。
我像卡夫卡一样在受审,
我是证人、法官和大陪审团。
指控是伪证罪。我否认
令人痛苦的丑陋真相。你说"够了"。
一个吻是一个比人工智能
所能推测的任何东西都好的发明。
一个飞吻具有某种和合之意。
我在大西洋彼岸向曼彻斯特给你飞一个吻。
它把你拉得更近。
我愿这比我现在想的更早些。
有天堂,但我不相信死亡是一个节日。

## 我的大笑史

我的大笑史:
最初大笑的人类
被哼哼者和啪啪者们扔出了
洞穴,因为他们想搞浪漫。
轻笑和微笑。在结婚宣誓和临终仪式
之前,一定有过大笑。
"我们是唯一会笑的哺乳动物"是不正确的。
有一些人经常大笑
是因为有太多悲伤。
每种生物都会大笑。
花朵大笑得太厉害,花瓣都笑掉了。
花园有时就像个剧院,
有喜剧和悲剧的绣球花,
有些玫瑰有刺。
我听见大笑声,那是雨下大了,
一个炎热夏日过后的大笑声。

如果你不认为枫树、橡树、常青树会大笑，
就到森林的另一部分去走走，
来和我一起坐在一棵绿叶树下。
听到"玫瑰战争"时，我微笑，与大笑的鸟儿
一起大笑：绿啄木鸟、
大笑的画眉、大笑的鸽子和乌鸦。
我是一个喂鸟人、一阵大笑，
有些鸟儿猎取死人的牙齿。


根据《马太福音》，根据《马可福音》，
根据《约翰福音》，根据《路加福音》，
太初有道，想想多美。我演奏
最基督教的乐器：风琴。
（我听到乐池里有一点儿大笑声。）更早些时，
当神的灵在水面上运行的时候，
当神创造天地的时候，
大约在有光的时候，大笑声就出现了，
大笑声和光是好的。笑话成了喜剧。


    今夜，来亲吻我甜蜜六十、
    七十、八十、九十。
    我唱我的奉献之歌。

我有点醉了,做我的海洋吧,
带我去乘邮轮
环游世界。做我的缪斯女神吧,
指示我诗不是抱怨,
最真的诗是最作伪的。
海洋,扑来我船头,让我们航行
进入前方的迷雾,未来。
温和的风吹起,
没有休止,有的只是启航。
夜晚来临。我吹响雾号,
我获得重生。
我开始知道我是谁,
我想要。我有点儿在乎。
亲爱的海洋,甜蜜的历险,
我是园丁、耙子、大旅游。
青春是不会持久的东西。

华兹华斯曾看到"大海躺在远处大笑"[1]。
如果水等于时间,以其双倍提供美,
那就这样吧。我用漏刻、

---

[1] 引自英国诗人威廉·华兹华斯(1770—1850)的长诗《序曲》第四卷。

古希腊和中世纪的烛刻计时。
我会制作能发出大笑声的时钟：
哈，哈哈，哈哈哈，一直到十二点。
我希望这首诗成为一个大笑钟。
我没有忘记水面上的太阳
是笑声的涟漪。
在一间告解室里，一个罪人
虔诚地大笑，就被赦免了。
他没有向圣母道万福，而是同她一起笑。
弗洛伊德论幽默：一个即将被绞死的人
说：多么适合行绞刑的美好日子啊。

一个新生的无罪的婴儿不会大笑。
与《箴言》相去甚远，
日本人有句谚语："独自一人时
放屁不会笑。"
懒散的读者，我从未听见过蛇放屁。
一条响尾蛇在我家里跳起了扭腰舞。
我用两根棍子把蛇挑了起来，
把它扔到一棵苹果树上。它没有听懂笑话，
没有被迷住，去寻找驯蛇师了。

下面是我的童话故事,《生日蛋糕》:
你拿六个鸡蛋,打匀蛋黄蛋白,
和少许面粉,在烤箱里烤半小时。
大笑声。面糊胀起来,
再加草莓和奶油做酥饼。
慈爱的母鸡想念她的蛋,
她跳到蛋糕上面,卧在打好的蛋上,
在桌子中央摆放的漂亮蛋糕上哭泣。
在屋外院子里,一只公鸡踏上
一只新罕布什尔红母鸡。客人们都大笑起来。

我同巴勃罗·聂鲁达① 乘渡轮绕曼哈顿
兜了一圈——聂鲁达,站在世界之巅的
共产主义公鸡,似乎穿着
萨维尔街的粗花呢衣服、丘奇氏的皮鞋。我们聊天。
他记得在特里波罗桥下,
"我请洛尔迦跟我一起去看马戏:
老式走钢丝和杂技,
从大炮里射出来的老小丑"。
洛尔迦以难以翻译的安达卢西亚式皱眉回答了

---

① 巴勃鲁·聂鲁达(1904—1973),智利诗人、1971 年诺贝尔文学奖得主。

一个 1935 年的问题:
"巴勃罗,情况越来越艰难了。我必须离开西班牙,到格林纳达去与
洛尔迦家和罗梅罗家的人吻别。"
费德里科被不必要的子弹击中,
那些吹着二分音符和四分音符哨音的子弹。
他死于日出时分,不是下午
五点。法西斯的大笑声。

现在的欢乐有现在的笑声。
佛陀欢声大笑,多亏有来世。
有人高喊:"还有杀人凶手的笑声!
没有什么比尸体更好玩儿了!"
值得重复说:一百七十磅冷肉、
四桶水、一袋盐。
我把我的宽檐草帽扔进地中海。
它漂浮着——神秘的笑声。
我可以看见西勒努斯和狄俄尼索斯①一同大笑。
他们用耀眼的高脚杯喝着大笑的葡萄酒。
我忘不了在华盛顿高地廉价的、昂贵的房间里,

---

① 在古希腊神话中,西勒努斯是酒神狄俄尼索斯的养父。

厄洛斯与快乐的恋人们一起大笑。

我记得贝尔尼尼的一个喷泉,在纳沃纳广场,
泉水大笑着,我从一个萨提尔①的嘴里接水喝。
萨提尔吻了我。
那天是主显节,牧羊人从乡下
来到罗马,吹着山羊皮风笛。
当我入殓的时候,我宁愿保留我的皮。
他们可以仿照我大笑的肚皮做一把风笛,
我将成为一种乐器,我更喜欢
被吹,而不是像竖琴或钢琴那样被弹。

我被一个大笑的爵士乐队感动得流泪,
黑色的笑声代替了鼓声。奇克·韦伯②可以做到这一点,
路易斯·阿姆斯特朗强行推动了一场拟声-大笑革命。

大笑像太阳一样古老,比月亮还古老。

---

① 古希腊神话中半人半羊的山林神。
② 威廉·亨利·韦伯(1905—1939),绰号奇克,美国黑人爵士鼓手兼乐队领班。

汉字"笑"是由两个字组成的：
草字下面加个天字。①
用汉语翻译一下，一个大笑的福斯塔夫
可能会变成一个被落霞绊倒的跳舞的福斯塔夫，
头上脚下的牛羊在天空中吃草。
月亮在我脚下升起是要干什么？
大声嘲笑我吧。
"哭泣也许持续整夜，
早晨便必欢呼②。"

---

① 汉字笑其实是竹字头下加一夭字（表音）。当然竹子也属草本植物。作者诸如此类的误解颇似埃兹拉·庞德。
② 见《圣经·旧约·诗篇》30：5。

## 疫情：戴上手套口罩

下流，不民主。
他的军队在战前就已被处决，
今夜，死神披着斗篷，
微服的国王，
漫步在人类中间。
无辜的人不戴手套触碰他。
我感到被死神，我的熟人，
也许是邻居，碰了一下，
我在夜里叫他老爷或夫人。
门把手上
曾擎着一个微笑的天使，现在
几乎面目全非，微笑的死亡天使。

选自《还没有》

(2021)

## 枕中诗

### 1

我相信爱情能拯救世界于
伤心。我正在学习弹奏水泥
竖琴。
我已经厌倦了只用我的名字旅行。
是时候把眼泪憋回去洗掉了,
是时候把日子当成"是",把夜晚当成
"不是"了。看,月亮从来不会不和谐,
躺下,睡在桥下。
还是在我睡着的时候,吃早饭的时候,
读着一本书或正走过一条街,
以为我离永远的怠惰很远的时候,一尊
神为了自我安慰,会把我推到看不见的
地方。

## 2

蒙纱巾的幸运女神,因为知道你是谁,
所以当你解开你的凡间睡袍时,
我逗你大笑了,给了你
快乐,
请给我一个无字的证明——生命
永存就是在死亡的那一刻被爱。
现在,我的思绪飘到了一幅日本
木刻画上:一个圣湖,一个孩子的帆船,湖
岸,
一个女人张开的大腿,美妙的阴户。
远处,一株开花的梅树衔着一株高大的松树。
在她的叶丛深处,有一首枕中
诗。

## 花园里的雌雄同体

1

在蛇的教训之后,还有蛞蝓
和蜗牛的教训——雌雄同体。
它们在叶子,绿叶或枯叶,上面或下面生长,
也许在花里。请看在无风的
日子里,云朵在花园上空移动,
而蛞蝓和蜗牛,多么慢地一点一点地追求
它们的同类。每一对有四个性器,
知道哪个对哪个,就像一匹马
在狭窄的道路上知道它的四蹄各在何处。
两个就在眼睛下面,两个在后面。
这是有原因和理由的,
但在花园里,主要是生命的降临。
每个雄雌体与一个雄雌体躺在一起,
折叠又展开,进入又退出。

在第七天后的某个第七天,它们休息。
在它们的季节之后,叙事、梦想或寓言
就说不尽了。它们只是一个接一个死去——
没有特别的顺序,每个性别离开另一个,
没有安慰或欲望。

## 2

我打开覆盖在我脸上的阴影和外壳的手——
面对羞耻和世界,它们提供不了什么保护。
我回到花园,时光的花落成泥,
在阳光和芳香的雨中,柱头和花药。
身为人类,奇异的是我舌头的蛞蝓
从一条缝隙移到另一条缝隙,而我的耳朵。
我的耳朵是蜗牛的远房亲戚,跟踪着一个
女人的呼吸和粉红色的三叶草,她是美丽的,
就像花园是美丽的,超越了快乐和悲伤,
在那里,每朵花的每一部分都是快乐和悲伤。
我,迷失在美丽中,无法分辨哪个是哪个,
身体的芬芳对称和身体的韵律。
我被你湿润的天意所包围。
红紫相间的朝霞使我目眩。

## 献给对立面的颂歌

1

我每天都在变年轻,而不是变老。
我喜欢用对立面说话,这比
阿司匹林好。我喜欢两面三刀,
这比做填字游戏更有趣。
现在也没什么区别了,
如果我头脑中的指南针指向南方而不是北方;
当我徒手搏斗时,
我的右手就是我的左手。
我在变年轻,不是
在变老;我的想法变了,
除了善恶观。
我相信对立面。机会的反面。
好汤的不确定性,罗宋汤和
上菜汤。面包和葡萄酒是圣餐变体的

可能性。
我有时会吐出确定性。
我写下这些,证明我越来越年轻。
我的诗可以和你的狗或猫跳绳,
长生不老。我告诉你,我认识沃尔特·梅隆,
我没有说西瓜。
他从古老的湖泊仰泳游到古老的
河流里去。一天下午,沃尔特从瀑布上掉了下来。
在这些文字里,有一丝诗意。
乌鸦就是吃我报废的死文字才得以生存。

## 2

是的,虽然我走过死亡的山谷
主和一位老鸹与我同在。
年轻,我亵渎一首诗篇。
我已经够投票的年龄了。
我会把正确的一面翻上来呼吸新鲜空气。
我不爱我的邻居,他想让投票站
离黑人居住的地方有五十英里之遥,
把他们从白色的人行道上赶到排水沟里去,
把他们和疯子、病人

关在一起，扔掉钥匙。我把有用的
时间用来寻找打开监狱的钥匙。

我的灵魂被我的身体囚禁，
锁在被火熔为一体的铁栅栏
围成的窠巢里。我生活在一个铁
筐里，里面装满了我的劳动成果。
我不吃水果，除了蓝莓馅饼，
在意大利，fragoline di Nemi montata①，
在加勒比海诸岛，新鲜
菠萝。我的三头驴子都是
信徒。
我有一匹信奉不可知论的马，一个农场，充满大
屠杀，
出生、再生和未生的野生动物，
静默和会多语种的树，会飞的蛇，
嗡嗡的蜂鸟——它们的翅膀在我的手表
每走一秒就拍动一百次，而我的手表早已停止。
我喂食，我被

---

① 意大利语：鲜奶油拌内米草莓。内米是意大利内米湖畔一小城镇，以盛产草莓闻名。

挪亚方舟上未列名的这些乘客所食,
它们和我以及我的祖先一样,都坐舵舱旅行。
爱神则是方舟上的偷渡者。

战神阿瑞斯与和平女神厄瑞妮
鄙视他们三心二意的军队。
阿佛洛狄忒①,在水面上翩翩起舞,跟随着我们,
用她的方式使主帆和副帆
以自身本分为荣。我有了
不幸,我咳嗽,清嗓子,
毕生与半裸的阿佛洛狄忒
共游在哈德逊河、米安德河、台伯河、
斯莱戈河,在那些急流和
在炎热的夏天干涸,但在春天
冰雪消融的时候又总是在有水的单音节
小溪中。
无论天气如何。
我都在变年轻,而不是
变老。我出生于6月21日,
在下边的澳大利亚是冬季的第一天。

---

① 古希腊神话中的爱与美之女神,诞生于浪沫之中。

## 还没有

这些日子,我后悔少些了。有记忆的
问题,有遗忘的行为。
当奥德修斯①到冥界
去见他的母亲时,他想拥抱她,
而她是一个鬼魂。
他拥抱了一个没有肉体的回忆。
曼德尔施塔姆②在圣彼得堡和莫斯科
边走路边在头脑中作诗。
到家后,他用笔把诗写出来。
在说谎的时代,他还能做什么呢?
他的头脑里装有荷马和俄罗斯的黄鹂鸟。
人类之中有一种属,

---

① 古希腊传说英雄,荷马史诗《奥德修记》的主人公,曾下冥界探听消息,见到自己的母亲和众多战友。
② 奥西普·曼德尔施塔姆(1891—1938),俄国诗人。苏联时期曾两度被捕,长期遭流放,多次自杀未遂,最终死于集中营。

读十页散文,往往很遗憾,
根本无法记住每一个词。
布里顿① 默写毕《仲夏夜之梦》,
然后才谱下一个音符。不可解释的
音乐和歌剧是父亲和母亲,
歌词是个孩子,玩弄着元音、
滑奏和摇摆节奏,直到作曲家/母亲
叫孩子吃晚饭、他们说感恩祷词为止。
记忆是感恩的,我后悔我不知感恩。
我已经走进了一片海洋。用 D 小调,
巴赫② 为三架钢琴键盘写了一首协奏曲。
我想用 D 小调像给三架钢琴
写的协奏曲那样对青涩的读者
和自知不久将死的读者说话。
他们应得到关注。

---

① 本杰明·布里顿(1913—1976),英国作曲家、指挥家兼钢琴家,作品有歌剧《仲夏夜之梦》(1960)等。
② 约翰·塞巴斯蒂安·巴赫(1685—1750),德国作曲家兼键盘演奏家。

## 致想当宇宙学家的亚历山大

9月27日和28日,
两个晦暗的雨天。
亚历克斯①无缘无故地哭着。
他说:"我以为夏天会长些。
天冷了。已经是秋天了。"
被拥抱着,没有人告诉他
你必须学会爱
秋天、冬天,还有春天。

我没有说要小心完美的幸福。
一棵没有叶子的树充满了窃窃私语。
蝙蝠占世界上哺乳动物人口的
1/5。病毒是多性的。
时年十岁,他想成为一名宇宙学家。

---

① 亚历克斯是亚历山大的昵称。

七年后,我写下此诗。
亚历克斯低着头,手指敲击着电脑。
他创作音乐,温和的旋律
为四季而作。
我有他废弃的小提琴,
我会漆成蓝色。

## 俳　句


玛吉① 死了，
我的阴毛掉了，
我浑身长满虱子。
比这还要糟。

---

① 玛吉是诗人的一条爱犬。

## 祝安琪儿五十五岁生日快乐,斯坦利敬贺

最亲爱的凡人大天使,
我越过大西洋三千英里
抛给你一个祝生日快乐的吻。
我知道你已经被爱得够多了,
无法用你的心或帽子接住我的吻。
我接住你扔回给我的笑容,
它味道很好,我把它喂给我的狗,玛吉。
我欠你一个生日蛋糕,
连同五十六支蜡烛,多一支是为了好玩。
我比你大四十支蜡烛。
耶稣教导我们要原谅欠我们债的人。

我希望和祈愿,我希望和祈愿,
我希望和祈愿,
直到它变成音乐,一首赞美诗:
与迈克尔同住吧。

爱不是一种饮料,尽管
世界上大多数人都渴求它。
爱对许多人来说是绵羊或山羊奶,
对其他人来说,则是人类善意的奶。

有人说,爱是一杯玛格丽特鸡尾酒。
愚蠢的恋人认为那是朗姆酒
和可口可乐。爱是一尊神,厄洛斯,
他会从你的背上跳到迈克尔的背上,
再跳回你的身上。哭泣的阿佛洛狄忒、
俄尔甫斯、塞勒涅、欧律狄刻、波塞冬,[1]
你们两个是所有这些男神和女神。
我祝你和厄洛斯生日快乐。
但愿我知道你最喜欢哪首歌,我就会唱。
同时,我清清嗓子唱起来:

　　每个人都说我爱你,
　　拐角处的警察和小偷也说,
　　讲坛上的牧师,教堂里的男子,

---

[1] 俄尔甫斯:诗人兼音乐人;塞勒涅:月亮女神;欧律狄刻:俄尔甫斯之妻;波塞冬:海神。

说我爱你。
当一只狮子咆哮时,有另一只狮子
知道他为什么在咆哮……

爱,
斯坦利

## 又一首庆生诗，写在安琪儿差不多又长大了一天的时候

### 1

有时候，我把安琪儿当成
墨西哥吉他手，
她是曼彻斯特的花店主
她会卖菊花，
附带卖玉米饼和朗姆酒。
当有谁，也许是奥西里斯[①]，
送来病毒的时候，
安琪儿关掉店铺，
你会爱煞的真相——
她把死亡天使锁在了店里。
突然间，死神发出了笑声，

---

① 古埃及神话中的冥王，亦为植物、农业和丰饶之神。

我像男人对男人那样正告他:
我在追随你攀登诗歌的
阶梯,不要再吞噬每一个
有眼睛、手臂、私处、触须、翅膀的活物了。
我们曾经是死亡天使的棒棒糖,
现在他被锁在安琪儿的花店里,
永远,或直到每一颗橡子都变成了树。
在希伯来语中,死亡天使
有许多眼睛和舌头,
就像地球上的人口一样多。
有应许之地,但没有圣诞树。
他想让一切都完蛋,《诗篇》无人诵唱。

## 2

安琪儿,再过五十年你就一百零五岁了;
我可能独身,与其说活着不如说死了。
当群山变成鹅卵石的时候,我就一百四十五岁了。
迈克尔将翻开了新的一页。
但那依然是安琪儿、布丁和烤牛肉。
在威斯敏斯特玫瑰依然会盛开,
特朗普是一朵毒蘑菇。

当我不能骑静态自行车时,我会唱歌,
我要一直唱到我的口水变成冰柱。

3

每天都是某人的生日。
只要有万有引力,
从此押韵的光年就不会结束,
我们可以向音乐靠拢,
我们可以快乐地跳起来,
然后落下来。
这不是一首诗,这是一种呼喊:
生日快乐。
我可以这样做一整天,这一年到3月3日
还是一条小狗,我不知道的
某一天,在我们的主的纪年里。
年岁是炒鸡蛋
配香肠和咸肉,没有甜食,
直到大地被海洋和烈火覆盖。
然而只要有欲望,崇高的事物,
死亡就在这里或那里,

什么地方就总是会有爱

伴着墨西哥吉他,宇宙存在的原因。

La vida es un sueño,[①]

当人类撕毁日历时,

生命将永恒如小便器。

---

① 西班牙语:生活是一场梦。

## 皱 皮

我在加拿大买了一条被虐待的狗,
一条金毛犬。
我给他改名叫宙斯,我亲吻了他。
过了一天,他从码头上
掉到了科里湖底。
我下潜二十英尺,抓住项圈把他救
上来。终于,他学会了游泳。他第一次
游泳的那天,在树林里追逐松鼠和鹿
之后,他叫着要进屋里来。
因为天赐鸿运,我亲吻了皱皮[①]。

---

① 皱皮是宙斯的昵称。

## 乐疯调[①]

"我很快会见到你"
是一曲乐疯调。
至爱亲朋远在天边,
握手言欢乃不可能之事,
而代之以摇头不是点头是。
爱一个近在咫尺的陌生人,
听她或他戴着口罩对你说话,
是死一样的感觉。
一年的这种孤独
就像一场三十年的战争,宗教徒
和无神论者都在烦恼中轮回。
独自走在麦迪逊大道,
在哈莱姆区或华盛顿高地,

---

[①] 又译"乐一通",20世纪30年代至60年代美国华纳兄弟公司推出的系列音乐卡通片,每集配有一首主题曲。

或任何乡镇的主街上，
一切都关张了，上门板了。
为了作伴，我听到自己用口哨
吹着一曲乐疯调："我很快会见到你。"
路过一个被钉牢封死的画廊，
我想起了迪奇里科①的城市广场，
远处有雕像，但没有人，
凌晨的古罗马。

如果海洋淹没了墓地，
死者就会被腌咸；
他们可能会从墓穴中启航，
驶入枝丛、树木张开的怀抱。
能被一棵树拥抱，我会很高兴。
我唱着我的乐一通。
我又要向你征收盐税了，
我翻筋斗，这让我高兴。
我是个裸体的小丑，
我按响你音乐厅的门铃。
你问："谁呀？"

---

① 乔吉奥·迪奇里科（1888—1978），意大利画家。

害怕我会攻击你,

其实我想赞扬你。

昨天是夏季最后一天,

美国有六十万人死于

非命,而在日落的遥远

西部,朋友们在无人区里

与森林火灾搏斗。野生生物:

走兽、昆虫和人类

与戴面具的男女消防员一道活活烧死,

一亿六千万棵树化为灰烬,

鸣禽在尖叫,

到处是灰。灰星期四、

星期五、星期六、星期天、星期一、

星期二和圣灰星期三。①

三千英里外大火的浓烟

呛得人喘不过气来。我从

灾难的算术中选取一个词,

用它做乘法并开平方根,

我学习一个句子的

---

① 圣灰星期三是基督教传统节日,为复活节前40个工作日的大斋节的第一天,是日悔罪者额头涂灰,故名。T.S. 艾略特有《圣灰星期三》一诗。前面的灰星期四等系戏仿。

数学。我加起来再除,
我读书写作。我紧锁的门外
和窗外是我的三千英里
安全出口。我想很快见到你,也许
等十乘十不等于一百的时候,我就会见到你,
因为没有一个数字等于另一个数字,
除非一加一造就幸福的二。

\* \* \*

今天我在我的佛教徒花丛中
看到一只热爱生命的蚂蚱,
远离那些吞噬耕地的
极权主义蝗虫,
冬夏小麦、玉米、鲜活的绿叶植物、
红草莓、黑莓、蓝莓、向日葵。
每一只蝗虫都受过正规教育:
月桂是灌木而不是树。
有其父必有其子,苹果不会掉落得
离树很远,
除了树长在山上,苹果可能会
顺着山坡滚进海里或河里。

一条聪明的鲤鱼吃了那个苹果。我希望
一条吃素的鲤鱼会读书给我听。


乐疯?
我是在疯人院长大的。
在海里长大的东西都是咸的。
在幸福家庭中长大的活人
无须曾经幸福也可能知道幸福。
他或她可能只是一个乘客,
而不是船上的船员。
我是个城市里的农夫,远离农场。
有从不上教堂的男女教会会众。
我认为有男女巨人,
约翰·济慈① 身高五英尺三。
我的酒杯里可能有沙子。
在一口巨大的棺材里,我看见过一个被杀的婴儿
下葬,一个黑色的婴儿在白色的成人棺材里。


夏季两天前结束了。在我的农场里,
昨夜下了一场霜。季节想……

---

① 约翰·济慈(1795—1821),英国诗人。

我把人类的特征赋予时间和空间,
它们是大自然母亲的祖父母。
我是通情达理的,
我喜欢曾经发生过的美:
教皇儒略二世曾雇用拉斐尔把时间
和空间画成人,去望弥撒的
男人和女人,胜利的教会。
更久远的时候,希腊人把科林斯式、陶立克式、
伊奥尼克式柱子描写成一个"家族"。

我选择把"我很快会见到你"牌牙签送给
没有牙齿的月亮。
在一个漆黑的夜晚,我听到月亮在唱
"我很快会见到你",一首没有乐曲
或歌词的歌。
我想要被葬在没有
乐曲或歌词的歌里,同我攒下的骨灰一道,
八条爱犬在脚边。

## 诗韵中有秘密含意

诗韵中有秘密含意,
有时是想发现未知的愿望:
Hell, tell, second, dispel,
Beacon'd, year, severe.①
这种韵成堆成群,
在伦敦、巴黎或罗马
成不了诗,
成了打不开锁的钥匙。

我已经过季了,我叹息的原因:
诗韵是一种道别的方式。
我知道我夏天的心正在变成冬天的冰,
大笑或哭泣都不是选项。
一切都在于所谓的内心和声音。

---

① 字面意思为:地狱,讲述,第二,驱逐,(用)火炬(照亮),年,严苛的。

不也许意味着是，每个人的不都可能意味着是。
每一个韵脚都欢迎一个好友，
英语诗律独一无二。
有些韵是被自欺欺人的撒谎者
强迫的，最终强奸的。
强行押上的韵是一种谎言，一种诽谤，
一种犯罪，得罪了诸神和我的朋友们，
诗人的手总是放在《圣经》上，
或另一种神圣的虔诚涂鸦上。

地球是和谐的，
三分之二是音乐的咸水。
W.B. 叶芝有一个美丽的女儿①。
每天我都在感谢，而不是嫉妒，
他充满活力的一生、一座有仪式感的住宅，
被他对独裁屠夫的热爱所污损。
我是世俗的、异教的、信教的。
阿维拉的圣女德肋撒② 嫁给了耶稣

---

① 叶芝的女儿并不美丽。
② 阿维拉的圣女德肋撒（1515—1582），又称耶稣的圣女德肋撒，西班牙修女、宗教改革家。

和诗人圣胡安·德拉克鲁斯。①
不说真话,诗韵可能会说真话。

每一个词里都有音乐、一个秘密;
每一个诗韵里都有一个秘密、一首二重唱、
一首《爱之死》②、一出《罗密欧与朱丽叶》③。

---

① 圣胡安·德拉克鲁斯(1542—1591),又译圣十字若望,西班牙宗教诗人。
② 德国音乐家理查德·瓦格纳的歌剧《特里斯坦和伊索尔德》第三幕中的一个唱段。
③ 英国剧作家威廉·莎士比亚(1564—1616)所作的悲剧。

## 空白相片

你不会发现月亮
这个词高高地正放在
我的纸页上,
仿佛纸页是天和地
在地狱圈的中途之下。
我写作是为了让某个人朗诵,
独自,或者在一个只有站位的
音乐厅里。
没有一页是放牧羊群的田野,
没有摩天大楼,没有桥梁。
有标点符号的历史,
有时标点符号会用冒号和分号
谋杀死者。我在笔记本上画
哭泣的柳树、花朵、人脸,在诗旁边。
我的母亲告诉我,太阳睡在
我身边。我将以光速死去。

我走错车道,
我撞车,猛踩急刹车。
我四胎全爆,身体健康。我的墨水
用完了。我用食指在石头上写字。
你以为石头是一张白纸,其实
不然。我肿胀的左脚上有个月亮,
那是我小脚趾上的鸡眼。
我的脚弓很高,不是平脚板,
两个凯旋门,我还是
一瘸一拐。
现在我已经快到了页底。
烟花,音乐,庆祝生命。
我可以用句号对死亡摆个愤怒的脸。
我的脸

## 无足轻重的，一张纸餐巾

这些日子，我们被驱逐到这个
世界上，赤裸裸从充满梦想的生活，
或活人在其中永远不会睡去的生活，
进入一个我们迟早会
认识的世界。

自从病毒以来，一切
都显得无足轻重：现在、过去，或者可能
曾经有的、
深爱或鄙视的、迷
人的，总是的、从不的，
偶尔的、
特别的、极超凡的、平
庸的、乏味的、最不和最
受苦的、
很遥远和很不同的，

现在都已经或正在变得无足轻重。

仍然有呼吸的出入,
加上其他必需品、关注的
奢侈品:我们的爱、水槽、水龙头和
下水管、
丢失的、找到的、放错地方的、
封闭的或几乎空无一人的
街道、用木板封死的窗户。我们
大多数人所想望的来生是一种
想当然。
我愿意相信,为活命而战的
细菌有同等的教堂、犹太会堂、清真寺、神庙、
寺院、尼姑庵。
微生物有律法,只是没有圣书。

我为什么不写一则寓言呢?从前
有两回,将有一次民主选举。
愿选举的灯光照耀着那些
认为真理和善良重要的人们。我看到一个
奇境。我看不得电视上的
共和党大会。

我选择奥利维尔演的李尔王、亨利五世、
奥赛罗，多亏了 CD。为了好玩，
我吹牛，我比伊阿古 ① 还能
保持沉默更久。这首诗是一块
手帕，
是我母亲给我的礼物。
她以为那是一张纸餐巾，
用来给我擦嘴，保持
清洁。

我握紧两个拳头。我不会
放手。我要写一页遗嘱。
我咳嗽，吐血，
我拿手指头做一朵血和口水的
花：一朵嚎叫的野玫瑰。
我为自由女神雕像脱去衣服。
现在她赤身裸体地站在
港口，乞求着疲惫的、贫
穷的、
拥挤的群众。

---

① 与前两行中的李尔王、亨利五世、奥赛罗等都是莎士比亚戏剧中的人物。

## 我想念娜奥米·艾田纳

我想念娜奥米·艾田纳。
她回到了圣卢西亚,
迟了十年才去继承遗产,
是个逃亡中的天使,她需要逃避
我要她戴面具的邪恶要求。
我渴望听到那美妙的音乐,
她那高智商的方言,
她那生动而不合语法的英语。
她依据《圣经》思考:
"上帝创造了新冠病毒。"
她的迷信是一种艺术作品。
她在布鲁克林的教堂有一群会众:
六个护士、家政工作者,她们的安息日
是星期五和星期六,直到日落。
她的牧师靠在建筑工地干活
养活家人及他人。

主啊，为什么工作和约伯
在英语中拼写得一模一样——
在希腊语或希伯来语中肯定不一样。
娜奥米不在 12 月 25 日
庆祝圣诞节，因为
"耶稣不是在罗马人的节日出生的"，
但罗马皇帝奥古斯都的母亲
在公元 300 年发现了基督的陵墓，
就在如今复活教堂矗立之处。
什么鬼，这不见载于希伯来《圣经》。
如果全世界是个酒吧，而不是个舞台，
娜奥米喜欢就着她的三文鱼头，喝玛格丽特鸡尾酒。
我就会要来自圣卢西亚的朗姆酒。
我们在一场场婚礼上一起跳舞。

## 收到一封信之后

现在和妻子普鲁在家,希望
新冠病毒无敌舰队将沉没,
诗人约翰·富勒①花费宝贵时间
清洗和熨烫,除去床单、衬衫
和衬衣上的污渍和褶皱,
不止是领口和袖口,还有贴身衣物。
他知道英国毛料,而不是爱尔兰亚麻布,
在危险的热水中会收缩,
从前英国人硬要受过终敷礼的爱尔兰人
用英国毛料而不是爱尔兰亚麻布裹逝者的遗体。

太初以来海洋就一直在
为我们洗衣,太阳在熨烫。
海洋必须打扫,用水拖干净

---

① 约翰·富勒(生于1937年),英国诗人、牛津大学退休教授。

我们用人类的废物——船底：
塑料、瓶子和石油——弄脏的海岸线。
"我的洗衣机里没有螃蟹和鳝鱼。"
一些政客自豪地说。

怀着爱意，诗人可以洗烫一首十四行诗，
音步和韵脚，听并且数每行
十四遍。寻找真理不是熨烫
纽扣周围。被熨斗碰掉的真理
不是纽扣，无法再缝回去。
一个事实可以被剪掉，再缝回去。
真理的纽扣绝不是拉链。
我敢用性命打赌，富勒家的花园和房子
都朝着高高上天散发着爱和诗的气味。

## 自我传说，2021
### ——致露易丝·格丽克①

想象中的自我，
库尼茨②的"自我传说"，
难以想象的自我之诗，
关于你现在、过去是谁
之诗。自我之诗，单数，
复数，依然存在。

你杜撰了一个八岁的哥哥。
我有过三个哥哥。父亲曾出游，
兜售他和其他人写的、
被翻译成六七种语言的历史书。
所以我有一个墨西哥裔美国人哥哥，

---

① 露易丝·格丽克（1943—2023），美国诗人，2020年诺贝尔文学奖获得者。
② 斯坦利·库尼茨（1905—2006），美国桂冠诗人。

他写诗、文学史、
小说、翻译。他是剑桥大学教师。
没有地方——世界上没有地方——
比瓦哈卡更让他热爱。
他熟悉许多语言,
胜过熟悉河流和火车站。
多亏了 DNA,他是直男且快活,
从不弯弯。他的身份证是书。

"全世界是一个舞台",
有时是一张写了字的纸页,
一个拙劣的笑话。生活就是个拙劣的
笑话,像被钉在十字架上一样痛苦。
他是圣公会信徒,我不清楚
他是否相信末日复活。
他敬重克里斯托弗·雷恩①,
建筑学的勃兴崛起,
他所礼敬的另一种东西。
来一杯玛格丽特酒对你的想法致敬,

---

① 克里斯托弗·雷恩(1632—1723),英国历史上最著名的建筑学家,在 1666 年伦敦大火后主持重建了 52 座教堂,包括著名的圣保罗大教堂。

玛格丽特在罗马是雏菊花。
我嗓子都快哑了,说话都困难。
我闭上嘴,深吸一口气,
想起了英语、法语、西班牙语、
德语、葡萄牙语诗歌,不用翻译。
我错过了几种语言的船,
所以我掉进了诗歌的海洋。
我可以游泳。

我的另一个哥哥,我每周都会和他
通电话,一聊数小时,这六十年来。
我读我的诗,没意思的,坏的,好的,
无关紧要的,一直播放的音乐食粮。
上帝原谅我,我曾经给他读过一首诗,
当时他躺在牙医的椅子上。
他有孩子,一分中国、一分希腊、
一分犹太、两分法国、
两分西班牙血统。他是一盘沙拉。
对他来说,每天都是沙拉日。
他的孩子有一个希腊母亲,
他有一个科林斯建筑师儿子,
一个多立克诗人女儿。他有一个儿子,

是他父亲的一面破镜子,
用德尔斐的疯狂胶水、
玫瑰、丁香、一点蜂蜜黏合起来。
蜂蜜这个词让我想起
我的狗,"蜜糖",一个无法形容的甜心。
如果我能像她那样吠叫,我的诗
就会接近真理。
"真理"对狗来说似乎不是个好名字,
但"蜜糖"从不说谎。她喜欢被我亲吻。
她爱她所爱的人和物,
有办法忽视,或者说对其余完全
无动于衷。这奇妙的母狗,
她欣赏人类谈话、大自然母亲、
大声朗诵的诗歌、音乐、
烹饪的气味、生肉。
真相是,我们不是身体和灵魂,
我们是灵魂和生肉。我不卖生肉。

拥抱我的生肉吧,如果你喜欢的话,可以把我
煮了。
我是你的,没煮熟的。
为明天和后天

留下一些我吧。闻闻我,
摸摸我的生肉。我有一副嗓子,
我会给你唱歌。生肉是赤裸的,
不穿卧室拖鞋。
我是自己的哥哥、爸爸、妈妈、妹妹。
喂,你好,各位,再见了,您呐。
真相是,我是无薪工人,我到处游荡。
到了发薪日,我就死了。

## 一时兴起

我用灵感换取一时
兴起,交接却没有时间。
如果有神的表演,
神会不会写剧本,
就像变体那样。
他是共模电流,
还是交流电神?
我认为宇宙中
万物都包含类似
amor① 的东西。
一个 DNA,一个双螺旋。
这一啜的想法
是轻浮的反省吗?
零加零加

―――――――
① 拉丁语:爱。

零不等于无。
伽利略说:"悲哀的是一个需要英雄的国度。"
很多词都被抛弃了,
连同其所有的装饰。
音节、
节拍、脚韵可以造就一首无爱的十四行诗。
有轻浮的海洋、河流、
溪流,没有轻浮的梦。

## 蛋糕错

珍① 犯了一个小错：
被莫扎特的小夜曲所吸引，
她把助听器掉在了
吃剩下的巧克力蛋糕里。
她找了五天都没找到。
蛋糕听不到，
它没有耳朵。
蛋糕有生命，
没有丈夫或妻子，
蛋糕在生日和节日可以随心所欲。
还有谁被刀子切开的时候会流巧克力血，
在冰箱里同剩汤待在一起，
避免跟哈密瓜交谈？
是天使食物蛋糕多还是魔鬼食物蛋糕多？

---

① 此处指珍·摩斯，诗人的妻子。

地上的和平就是一块蛋糕。
主对祷告从来都不会充耳不闻,
他听的是不押韵的道理,
你有你的神,我有我的神。
他正经历着天堂地狱两重天的时候。
他是个好运动员,他为了自己的缘故
祝福可怜的球员。他允许,他忘记。
有些罪过是致命的,有些是黑影。
他原谅那些只是愿望的错误。
一个问题可能会射门,它却钓鱼。
蛋糕有肉体和灵魂吗?
助听器是上帝的钓饵,
把"你有罪"听成"无罪"。
他是房东,我们必须付房租。
圣特朗普的唐纳德曾是总统。
很快,我相信他就会在特朗普地狱里,
永远处在高尔夫球瀑布之下。

## 写给特里·哈默①的一些话

戴着口罩,我送上我庸俗的同情、无知的八卦。
我的朋友过了一个"不,谢谢,不,谢谢"感恩节。
他九十六岁的母亲独自在德州去世了,
隔离在两千英里之外,
希望得到了一个好心的陌生人的安慰。
他的妻子伊丽莎白打破了一项世界纪录,
为急性的、第四期——很难说——乳腺癌。
他的妻子和我的妻子都感谢输液,
我们在病毒时代脸贴着脸跳舞。
我不知道正在发生什么,
他的"我",一个重要的在场,
与他早年妻子身边的女儿一起。
我的朋友写诗,
为世上每一个肉体和灵魂。

---

① 特里·哈默(生于1950年),美国诗人。

是的,他有一个远方的儿子,在一张长桌前。
这是一个熟悉的故事。
十二个渔夫的鬼魂与他共进
晚餐,谈话涉及美好时光、
音乐、过去、"烂笑话"。
从前,"烂笑话"是一个
闹革命的奴隶的名字。

时间在一个愚蠢的日历上流逝,
他服从了诫命:
"公园里的音乐。"他的写作暗示,并没有说:
"不久,我将伴着音乐默默吃饭,独自。
我将安然走在大街上,
二三十个鬼陪着我走。
我同二三十个鬼一起洗澡。"

死亡有种不卫生的感觉。
我们大多数人都希望死得干干净净,
棺材里有个烟灰缸。
特里为了纪念母亲,种了十株玫瑰
和两棵秋蕨。还有一个垃圾桶,装满他的旧生活:
他不得不扔掉他的奶瓶、乳房、

阴道、母爱、婚姻生活。
现在他是一个戒酒者,一个蹒跚学步的少年,
一个七十岁的初学者。他将再次上幼儿园
和语法学校,跳过高中。
他必须举手才可以离开教室,
被赐予新的牙齿、新的眼睛、
耳朵、嘴巴、鼻子,除了
照镜子的时候——密西西比州的镜子、
俄亥俄州甘比尔市的镜子、冷泉市的镜子。
他有一屋子的书和音乐,
合上的书和打开的书,就像他的心。
窗外,大自然母亲、
大自然父亲、兄弟、姊妹、子女。

保持着体面,他表现得好像
每一个生物都是创造他的上帝似的,
蓝天、水、石头创造了他。
他的母亲没有死。食草动物
和食肉动物吃死人的灵魂,
吃你的生命、你的生命的汽车。
你的眼泪是无马的马车;
还有嘀嗒作响的无指针的手表。

在流行电脑音乐、嘻哈、
第一次和最后一次舞蹈和机会的时代，
特里不愿写人工智能散文。
管弦乐队不是捆扎
纸牌的橡皮筋，
每一个城镇的人口，
两点和杰克是共和党人，
国王和王后是《圣经》中人物。耶和华，
圣母马利亚，没有谁在花园里干活
会浪费时间。
他的生活是为母亲举行的纪念仪式。
他在电话上拨"母亲 4-5=6"。
语音信箱只发出哔哔声。我敢用性命打赌，在他那
"不，谢谢！不，谢谢！"感恩节之后，
他会拒绝用余生
写挽歌，唱即兴赞美诗。
特里仍然会庆祝圣诞节。
耶稣为一份联邦最低工资打工，
每小时七美元五十美分。

选自《永远永远之乡》

（2022）

## 加州森林火灾的美术

一天傍晚我外出踏过白色的灰烬散步;
一周之后,在不动的灰色
和白色的林火灰烬中已没有火光闪耀。
突然,我的脚被烧着了,
树木的根部仍然在燃烧。
大多数林火都往山上跑。我往山下跑。
我躲在一个金属帐篷里。惊人的词语
根据我们的需要,
现在往往有不同的意思。艺术
则有不同的火。
我们画裸体和灵魂的方式
有不同的意思。
在街上唱歌,翻译
有不同的意思。艺术
相拥,相抱,滚上山,一团火。
正义是盲目的,政府是导盲犬。

每个生物都生来自由、依赖。
我可以列出一长串教条主义的东西。
母亲的乳汁和老鼠的乳汁都是政治性的
就像被蔑视的人类仁善的乳汁一样。

## 我为时间的仁慈干杯

每一天和每一夜都是不同的。
时间就在这里。我不知道
时间去了哪里
时间不断伸出
来。它从未够到它所要
够的东西。
无论它是什么,我想要更多。
时间教人:
过去并不是一扇关闭的门。
历史说:"有些人为
战争的仁慈干杯。"
我将从财富到破烂押韵。
多恩说:"时、日、月——时间的破烂。"
无论时间是什么,它不是一条小狗。
它是一条猎狗追赶着我们,兔子和松鼠。
它把男孩和女孩都弄皱了。

时间是一条高速公路、一条颠簸的

坑坑洼洼的土路、一条死胡同。

时间是金钱,它消费和放贷

无息,复利。

计数总是侮辱时间。

我嘲笑时间表。

仁慈的时间是不可数的。

时间长什么样?它外貌相似。

它像你和我,像散步,像漫步,像远足。

时间是观众和戏剧。

时间是每个词的同义词,

在我听到过的每一种语言中。

摄影撒谎。有 X 射线的残酷性。

忘记分、年、时吧

时间是一束花。

玫瑰、郁金香和蒲公英总是

对我很好。时间有苦有

甜,我可以品尝它。

主啊,我保证不浪费它。

## 是的，你可以议论我

是的，你可以议论我：
我爱好豪华歌剧、蓝调、爵士乐拟声、
清唱剧、福音音乐、赞美诗、标准流行曲。
我写美式英语。
一天下午，本来我可以去看
下午场演出，我却去了布朗克斯动物园
听一只猴子给一只小猴子唱摇篮曲。
无论是过季还是应季，我都会去池塘边
听青蛙呱呱叫。我散步、远足、跑步
听蜂巢和野花里的蜂鸣。
鸟儿迁入迁出我的梦。
海鸥、信天翁和天鹅感到安全，
冬天从我手上吃东西。
我珍惜鱼儿破水的声音。
我不用翻译就能听懂
住宅里的老鼠和下水道里的老鼠的闲聊。

我无意间听到糖槭树
对大叶槭树说话。
我听到史密斯奶奶苹果树无声地
对红蛇果树眨眼。
我懂得不同的小溪、小河、大河
对湖泊和海洋得说些什么,贻贝和蛤蜊
张开嘴时的沉默和恐惧。
我救了一只正在挣扎逃脱
蜘蛛网束缚的帝王蝶。
好让它能飞到墨西哥。
当我们在普利茅斯港停泊时,我哭了,
那是我第一次听到英式英语。

## 刚做了一个梦

刚做了一个梦,
我今天早上就醒来,
想着我要写美。
我不确定该如何拼写。
我查了我的《牛津英语词典》。我困倦的舌头
想和词典打架。
我想按照发音来拼写单词。
在我知道这个词之前,我就知道美;
我知道触觉、味觉、嗅觉、视觉;
我什么都不说,但我感觉得到什么是美。
我过去和现在都有过感觉而无须词语。
现在我知道,美永远不会遁入虚无。
我记得美穿着一个赤裸的身体,
独白,明喻。

今天早上我被困在美的荒野中。
一颗破碎的心可能是美的——
它没有吸引力。
它比破碎的孔雀蛋壳
还要难以拼合。
请随意，我很难读懂。
无论什么季节，我都用
21世纪的楔形文字书写。

种植一棵树是一种更好的死亡方式，
比在床上勉强清醒或快速睡着好。
我为斗牛士查马科欢呼，
他在美的工作之后，杀死了一头公牛。
"哦嘞!"这个吉卜赛男孩赢得了两只耳朵和一条
尾巴。

死亡带走我们，把我们送入虚无。
呱呱地唱歌也不坏。
被莫扎特的歌曲噎死。我认为
最好的死亡方式是在晚上、
午后、早上亲吻问安之后。
读着书死去是一种漂亮的死法，
在一个句子中途，被判处死刑。

## 我还在这里

### 1

死人是违法停车的。
他们没有钱投入计价器。
一个交通警察给死者开了一张罚单。
除了晚上七点以后,有些地方
允许停车,不允许重复停车。

死总是在场的,除非它在。
你死了之后,死就消失了;
当你没有了生命,
没有了一切,没有了钱,
没有了零钱的时候……我还在这里;
我有东西可以投入计价器,
这些词语。我还没有死。

如果有一天我把车开到海滩上。
我可能会陷在沙子里，潮水退去。
我的车轮在空转，大海很快就会涌入，
被锁在我的吉普车里。若干日夜之后
我将被冲上沙滩，
一只海鸥探索着我的眼睛。把我埋在一个棺材里
脚边放上我的狗的骨灰。
把我的书扔进我的棺材，
我写的每一个字都是最后的遗言。
在我死后，我将不再给任何人
打电话。我保证我会尝试呼叫你。

我现在不记得你的号码了。
我拨了查号台。
主的话是一个自动语音提问。
我为什么想要这个号码？
主啊，我想，我想对过去说话，
我想对现在说话，对未来的未来说话。
我可以质疑神谕吗？
我不想和死或他的母亲说话。
死，他或她没有父亲或丈夫。
孔子暗示，死是个皇帝，

有一个宗庙,一个朝廷,
一个上院,一个下院,
一个帝国,除非它是。

2

我相信死就在我身旁。
他或她是看不见的,除了在沙子里。
我见过死的脚印和他能干的手。
死进出我们的身体,
也进出我们的精神,除非它是。
请放心,死并非无处不在;
死在伊甸园流出的一条河里游泳,
然后进入四条河流。有人说死
是一个喷泉,死有高潮、精液,
除非它是。

不要注意我以前说过的任何话。
死是一个人或一个同卵双胞胎,
长得像你和我。你照镜子的时候
找找死的母亲。
死是没有父亲的。我为这个孤儿感到难过。

也许杀死我们就给死提供一个父亲。

如果你从未哭过,你就不会死。
如果你从未爱过,你就不会死。
如果你从未爱过,从未哭过,
请站起来。你是坐在椅子上
还是你在泥土中没有椅子?
上帝保佑椅子,它们是文明的标志。

死不能忍受我的嗓音。
我寻找理由,理由。我有我的理由。
我唱一首歌《死神我爱你》。

> 死神我爱你,你为何不把我爱?
> 我很迷惑。我分不清泪水和露水。
> 泪水和露水造就了红海和死海。
> 死是一艘下沉的船,正驶向永在。
> 他或她需要船员配备。

## 一个支持者,我希望

有一位诗歌老师
她给一个班级教自己的诗
　　《蛇、乳房和空无》;
他们必须全价购买她的书,
　　　如果他们想向她学习
如何作一首诗。
谁是权威?
谁给了她权威
要拔出学生的眼睛,
　　她的二十个格洛斯特人?

我有过九年时间,有幸
　　乘邮轮游览地中海,然后
开着一辆雪佛兰横穿美国。
在昨天的岁月里,我记得
　　曾眼看着成串的帮派受苦;

在圣安东尼奥我看到过墨西哥,
从一个牙医的椅子上。
有多少油井和风车
我曾经过,我后来都会去与之战斗。
我认为木化石林是个圣地。
我想骑着驴子下去
到造就大峡谷的河边。
父亲反对这样做。我不得不说
　　　　我以为命运就是不断爆胎
直到我们开车穿过死亡谷。
我感到了,听到了最初的预示,
　　　　　还不是命运和死亡的征兆。


十三岁,还是个新鲜的男孩时,
我选了一门莎士比亚课,直到永远。
再往前走一点,
塞万提斯-巴赫-莫扎特高速路,
我遗憾希腊语对我来说是希腊语。
我喜欢读和听洛尔迦、
兰波、叶芝、奥登和爵士乐;
　　　　　我闯入了一个国际
诗人和英雄的聚会,

他们都为自己的国民说话。
他们把自己的话语献给世界,
他们本可以出售,
以换取谢克尔①、英镑或肉豆蔻。
我在梭罗的深潭里游泳,
　　　　与非裔美国诗人和其他人一起。
我对马尔科姆·X踢法相当在行。

恐怕我说出一句话的时候,
我就在讲一堂诗歌课:
像我这样说话或别像我这样说话。
有一种谎言病毒
在全世界蔓延
在射杀自由。
请收下你的支持者。
这些话是一个面具。
为什么我说有一本云词典?

---

① 以色列货币名。

## 斯坦利写给塞涅卡的一封信

我的窗外有一股慵懒的风,
用于放牧的田野,一些果树
和一只月亮灯笼。借助于
月亮和电灯泡的帮助,
我读了你写给卢西琉斯的信的译文。
我得出的结论是,你
偷了或模仿了我的一些诗句,
在我出生两千零一十年之前,
在英语诞生十四个世纪之前。
你的话亦即我的话如下:
(我有没有把你的话变成了来自中国的臭虫?)
    我们中没有一个人年老时与年轻时
    是一样的。我们中没有一个人
    在早晨与前一天是一样的。
    我们的身体就像奔腾的溪流一样被冲
    走了。

> 你看到的任何东西都会随时间流逝而消失。
> 你所看到的东西没有一件能保持原样。
> 我自己
> 甚至在我告诉你这些变化的时候,也已经改变了。

这就是历史的几何学:
它是所发生的事情的斜边。
我研究时间的简史,
不确定性原理。
没有什么是等边的。
时间是弦。
然而我相信我们的肉体友谊证明,
现在是遥远的过去。
大约九十年前,我今天刚刚出生。
未来与遥远的过去只有一层皮之隔。
在医学如此前卫的时候,
希波克拉底也不会被遗忘,
迟早有一天,唯一的死亡将是自杀。

根据塞涅卡的说法,聪明人活得久

是他理应活得久，不是他能活多久就活多久。
我从左到右摇了三次头，
因为拉丁文中没有单独的一个"不"字。
然而，有许多表示不的等级、
强度和逻辑。我指示我的遗嘱执行人：
当我失去理解力时，
如果我能听到音乐或看到一朵花，
也许还能认得时间，
我就会认为自己是幸运女神的心上人，
即便我的呼吸和舌头是懒惰的。
让我活着。最后把我谦卑地埋葬
在我的坟墓里，赤身裸体与盖亚，
大地的女神在一起。

      永别了。

## 一本所用比喻出乎意料的书读后

读过一本所用比喻出乎意料的书之后——
确定和不确定的真理,聪明的写作
总是试图做到独一无二——
我意识到我渴望得到意料之中的东西。有时,
我希望在意料之中的讲话和祷告仪式之前,
座位上坐满了意料之中的会众。

名字,教名或别名。
"旋律诗节"可以。"段落先生"不行。
今天我更喜欢"标准"歌曲。
大多数日子,新歌是一种快乐。

独自一人我并不寂寞,
因为 X 和 Y 要来吃晚饭。
意料之外的问题像盐一样传递:
"你想要一个男孩来夏天你,

还是想让一个女孩来秋天你?"
我是一个历经四季的恋人。


伟大的河流,圣洁的和遭天谴的,
是意料之中的,也是意料之外的。海洋、
但丁和莎士比亚都是意料之外的。


我向不可知的事物致敬,向那些
不知名的士兵和水手的坟墓致敬。
我从未见过一块墓碑上有大写的
中间名——我的是**大卫**。
我尊重神圣、遍布鲜花的恒河沿岸
烈火中的出现和消失。
那不可思议者,
永远是我家里一个在场的陌生人。


在美国和英国,墓碑是意料之中的,
有些是义冢,有些是公墓。
如果死者去了天堂或地狱,
为什么要把他们安静的遗体落在后面,
就像被遗忘在卡多根酒店的行李一样?
我更喜欢挖刨寻找一个我知道的被遗忘的名字。

我很清楚地记得那些从未被埋葬的死者。
每座坟墓都会在不久之后消失。
我期望你知道耶稣的坟墓在哪里,
只一会儿,直到太阳射中地球。
我们都会变成火和黑暗。

在我的生前遗嘱中,有一个条款。
我期望我唱着"我找到了节奏"离开。

**如此这般机器**

紧紧抓住上帝的手,
紧紧握住你爱人的手
和你过马路的小孩子的手。
可以肯定的是,未来超乎
我可以想象的任何可能性。
将会有靠机器学习的生物,
知道得太多。有人可能会祈祷:
"主啊,愿我不知道什么吧。
主啊,愿我不知道什么吧。"

## 一个神秘的原由

愿你永远记住
耶稣的包皮被割掉了。
他的那个重要部分遭遇了什么?
它从未到达"那天国的殿堂"。

上帝有四十四个希伯来语名字。
出于神秘的原由,你可以拿
四十四个受割礼的包皮
绑一本希伯来语、希腊语或英语《圣经》。
这更接近上帝,比把包皮
喂给夜莺更明智。

在我生命的陶器前有篮子。
八天大的时候,我不记得发生了什么。
我的割礼是我的第一次离别。
我不知道我的包皮遭遇了什么。

我对它没有感到更多的悲伤,
就像错过了一个电话一样。
我感到高兴,喜悦。我自豪。

# 无　名

### 1

如果我的墓碑上不刻名字如何？
1925年6月21日，晚上8点。
**此处长眠着一人，他认为他知道得越多，**
**就知道得越少。**

我庆祝春、夏、冬、秋，
纽约州的天气。有人喊道：
季节持续的时间比应当的要长！
这条革命的大蛇是谁？
他坚持认为地球应该更近
更快地围绕太阳运动。
在变化的天空里，我在下面；
我出生在一个年轻的夏天。
我现在玩一种乐器。

当我唱几个音符的时候,

我和周围的朋友一起按动键盘。

我不即兴创作;我在一座大教堂里读一本乐谱,

其中有三个回声和谐相配。有些歌词

诽谤和奉承,它们是最后的话。

我没有说它们是真正的最后一句话。

为了好玩,我说哈喽,

pronto, digame, oui。① 一个惊喜——

我爱的一位女士的姓氏,

可能是一个基督徒的教名。

其他的可能性恐怕,

我说恐怕。我拒绝死亡。

也许是祝酒辞,长命百岁。Sláinte。

L'Chaim。Salud。② 这是你眼睛里的泥巴。

既然我喜欢工作,也许

从现在起我就失业了。

我会等待,我会倾听

我的心跳停止后,再跳起来。

---

① 西班牙语及法语:快,对我说,是。
② 依次为爱尔兰语、希伯来语、西班牙语:干杯。本义都是祝你健康。

## 2. 双重人

然后我就永远成为天气的一部分。
唱这句,或者干脆说:
他是一个水手,一个二等海员,
一个官员诗人,在一艘号称"爱"的船上。
他在船舱里和船尾甲板上唱歌。

他抛锚从不比他在海上的时间久,
总是试图阅读他那无法辨认的字迹。
有时候,他哼唱祈祷词;
他写字的时候,并没有写作。

他所爱的两位已故的女士曾说:
"没有人比他更爱我了。"
一个不慎流血而死,在人行道上
被一辆倒车的卡车撞到。另一位爱
向观众展示她的身体和灵魂,
胜过她对任何人的关心。
她爱当科迪莉亚,皮兰德娄[①]的

---

[①] 路伊吉·皮兰德娄(1867—1936),意大利小说家、剧作家,代表作有《六个寻找剧作家的角色》等。

《六个寻找剧作家的角色》。
早些时候,吃饭时,她母亲告诉我:
"你必须记住她是属于公众的。"
在多次谢幕后,她怯场了。
我几乎忘了,她曾对卡尔·洛厄尔[①]说:
"我从未遇见过一个诗人。"
在她最后的演出中,
她拒绝上台。我曾安慰她。
在花费昂贵的两周后,她演出了。
坚持不让我去看。我同意了,
但我还是去看了。
多年过去了,她想让我带她
到国会大厦的东门廊去看演出,
去参加约翰·F.肯尼迪的就职晚宴。
我拒绝去。她质问我:
"谁在用你的名字写那些诗?"

在福门托,当我在网球比赛中击败了酒店的职业选手时,
身为一个被太阳晒熟的观众,她问:

---

[①] 指罗伯特·洛厄尔(1917—1977),美国诗人。卡尔是他的绰号。

"那个在网球比赛中打败你的帅哥是谁?"
在一个节庆会上,她介绍说我是
犹太贵族的杰出成员。
我没有回应,惹恼了她。

她死后,她的女儿提出要给我寄回
我没有撕掉的我的"美丽的信件",
我们在拉韦洛、威尼斯和墨西哥的合影。
我在她的葬礼上发言,"博得了满堂彩"。
少数几个人知道我的名字。
一些送葬者坚持认为我朗读的那首诗
是蒙塔莱[①]写的。

---

[①] 埃乌杰尼奥·蒙塔莱(1896—1981),意大利诗人,1975年度诺贝尔文学奖得主。

## 2021 年春

一根美国科林斯柱子
支撑着我的房子的屋顶,
燕子在这里筑巢十年了。
去年春天尽管下了二十英寸的雪,它们也来了。
今年春天它们没来这里。这是个和善的四月天。

我希望我知道如何称呼我的燕子。
它们和我一样是列兵,
我的战友,男的和女的,
在一场抗击丑陋和邪恶的战争中。
他们可能已经倒下了。

这是个愚蠢的四月天。我的燕子
对它们的巢下我的门廊上的谈话
从不感兴趣。我保护
它们巢中的蛋不受浣熊、蛇和鹰的侵害。

它们让我感到安全,不孤独,
尽管我有爱人、密友、音乐和书籍。

我的燕子是在一位伟大的波兰诗人去世时死去
的吗?
我不认为它们去波兰筑巢了。

燕子父亲是英雄。如果骄傲的抱窝的
母亲和一窝蛋被猛禽袭击了,
帅气的雄鸟就会猛扑过来,俯冲下来再上升,
把老鹰引开。如果我们的燕子父亲能活下来,
他会把马蝇、蠕虫带到巢里。
孤独的混沌,我的心思被打散了。绝望之余,
我抛下一袋袋混合种子,它们在地里
长高了,我的快乐的驴子在那里吃草。

\* \* \*

我无法做一个燕子巢。我买了
一个蝙蝠屋,把它绑在橡树杈上。
我在天空中搜寻。地球上住在最高处的
可怜的家伙是有八只眼睛的跳蛛。

它们住在珠穆朗玛峰顶的冰层里。
来吧,不管是什么时候,还是六月,
我已经准备好扔掉这篇论述。
我需要一些日子不写任何东西,
除了写信、签支票和提抗议。
我发现了一匹中国青铜马,
一只蹄子踏着一只飞翔的燕子。

我大半夜不睡觉,听燕子叫。
我听到加拿大雁的暗讽。
我关注麻雀的政治。Compañeros[①],
我赞成给每个生物以投票权,
刚出生的和死的都有投票权。
　　　　　　　　死者
是爱国的。他们得到了死亡,他们想要自由。
他们悬挂国旗,展开的裹尸布,
或在旗杆上下半旗似的悬挂祈祷披肩。
圣洁的河流得到骨灰和鲜花,大多数中国人
哀悼他们的死者,额头触地。我怜悯

---

① 西班牙语:同伴们、同志们。

那些选择用不幸的活狗、
烟斗和烟草殉葬的人。够了。

如果让我选择我想在哪天出生，
我会选择夏天的第一天。
离得最远的那位圆了我愿望。
这个冬天，我被冰雪困住了。一天晚上
我梦见我站在一株六英尺高的蒲公英旁边。
我已经缩水了。现在我只比蒲公英
高两英寸。慈祥的太阳唤醒了我
祝我早安。春天第一朵蒲公英
出现在我的草坪上。
在蒲公英的世界里，我渴念燕子。

燕子，公民，梦想家，我们邪恶的
政治家和气候变化谋杀了你们吗？
我喋喋不休，我迷茫，害怕。
我有什么资格去教训我没有喂过的燕子？

诗歌不是一个秘密投票站，一张缺席者的选票。
散文是固执己见的。在我的前世，
我投票赞成楔形文字、象形文字、

墨西哥的纳瓦特尔语。
我会再度投票,在乐队里唱歌。
唱蓝调是爱国的。
今天是选举日。今天就是今天。
明天是一个世界之遥。
人类看起来就像离得最远的那位且彼此相似。
我与雄性常绿植物有些相像。
世间万物个个都欢乐欣喜,
个个都怀着破碎的心被抛弃。
地球上有星星,但这是许多光年
之遥的东西告知我的,一路找到
我办公桌抽屉里来的蚂蚁告知我的。
我猎取美。我接受礼物。
我曾经写道:"我必须死得漂亮。"
我有手和手指,像翅膀、羽毛。

我有一颗经过敲打的心和一种召唤。
我的直言不讳的中断就好像
我房子屋顶上的风向标。
当然,我已经过时了,我是北、
南、东、西。
在加拿大的独木舟上,我被龙卷风

吹得转了一圈又一圈，每小时
两百英里的风把太阳都吹黑了，
在一个七月的午后。
我宁愿被路过的蝴蝶
扇起的风吹翻在地。
今天我相信
我永远不会欢迎那只蝴蝶。
我写信落款用忠实的，许多爱，
而不用真诚的或你真心的，或我最好的祝愿。
我会考虑用，你的一旦扎了根，仍然站立的，
斯坦利

## 事实之歌

我不走街串巷举个牌子:非售品诗歌。
为何,如何,我做了我所做的伤害?
我在巴塞罗那吃过鲸鱼肉。
我做过的最坏的事是
我本应做的:我从未告诉我母亲
她有一个私生的孙子。
我浑身发抖,害怕我那总是发怒的父亲,
"上帝的愤怒之人",会对我大发雷霆。
我的母亲将很难再看到
她钟爱的儿子,除非秘密地。
我母亲被火化后,我把她的骨灰埋在了
她最喜欢的花——蒙托克雏菊下面。
父亲在一家养老院里,
他需要全天候护理。

我把我儿子介绍给父亲和妹妹。

父亲告诉我的妹妹,让她保证我的儿子
在他的遗嘱中得到一个孙子的十足份额。
我的妹妹,还有她的丈夫,
他"把军火库搬到了原子时代"——
他将原子弹小型化了(在广岛
之后与韦尔纳·冯·布劳恩合作)。
我们所有的火箭都是还是由
他的想法和做法推上去的。我那英雄的
妹夫和妹妹是我父亲的遗嘱执行人。
我妹妹不听话。我的儿子什么也没得到。
我的份额和孙子的份额是一样的。
在我母亲的家庭照片相册里,
我出现在第十三页。读者,我以前
写了一些无用的文字,诸如此类。
现在我已经做好了,不是一顿饭,是 merienda[①],
我在案板上做的,不会用炉子加热。
我已经九十五岁另艰难的十个月了。

---

① 西班牙语:小吃、便餐。

## 狗十四行诗

当我因公务或就医之故外出
几天的时候,我的狗不让任何人
坐我的椅子。当我在十英里之外,
将要回家时,它们会跑到后门
等我。他们知道我是属于他们的。
真实情况是,玛吉不懂散文。
她想让我回她吠叫,以找乐和示爱。
我希望"吠"这个字有吠的声音。
"粗鲁"这个词听起来像吠声。
粗鲁,粗鲁,粗鲁,粗鲁,粗鲁。
真实情况是,我确实对玛吉狂吠和咕噜,
就像我对我的读者那样。
我可以写一首咕噜的十四行诗吗?
我爱你,咕噜,是一句深情的诗。

## 绕　行

为了上帝和国家的利益
我要把这艘还没有号船弄沉。
我假装在船舱里装载了一些真理。
真理是可爱的非美国人：相较于
宾夕法尼亚州的好时巧克力板，我更喜欢
马德里的 churros con chocolate①；
比起爱达荷州的土豆，我更喜欢 gnochi②。
混乱，孔夫子③，有什么区别？
我对在松树林里打鼾的荷马
有好感。我最喜欢的圣人是
克里斯托弗④，他现已不再是一个圣人；

---

① 西班牙语：巧克力条。
② 意大利语：素丸子。
③ 英语"混乱"（confusion）与"孔夫子"（Confucius）词形相近。
④ 天主教和正教共同礼敬的圣人，据传曾帮助耶稣假扮的小孩子过河。

儒略①,他谋杀了他的母亲和父亲。
我更喜欢用来与"圣体"押韵的
不是十字架苦路站,
而是华盛顿特区联合火车站,
我在那里坐下来哭泣。②

我信仰自己所关心的事物,
神和狗。
我在天主教堂比在犹太教堂
花的时间更多。
我不记得自己曾经尿过床,
直到我九十岁。我经常不认得
我知道的人名和我熟记的诗句
或者我在镜中的脸。我宁愿走
进大英博物馆、普拉多博物馆
而不是现代艺术博物馆。
但我在十三岁时中断了高中学业
去看马蒂斯、莫迪里阿尼、波洛克、
在第五十三街展出的毕加索的《格尔尼卡》、

---

① 人称"好客者儒略",生活在4世纪的罗马天主教圣人,因听信魔鬼传言而误杀了自己的父母。
② 仿《圣经·旧约·诗篇》第137篇。

俄罗斯电影。我遇到了一些女士,
她们把对艺术和对我的爱混为一谈。
在阅读惠特曼之前,我阅读洛尔迦、兰波、瓦雷里
和哈特·克兰。我喜欢讲述我的历史:
九岁时,在希腊革命后的一次
庆祝活动中,我的左腿
被一枚跳弹击中。四五岁之前,
我都认为第一次世界大战只是一个童话故事。
六岁时,我知道婴儿在轰炸中被炸死,
狗为争抢美味的婴儿腿打架。

我从未上过艺术史课,
我是由博物馆、艺术家教的,
泽里①、肯·克拉克②、米利夸③,他们喜欢
和我一起吃饭、我的自由诗谈话、
我那双对质量莫名其妙的眼睛。
生活主要是快乐,我不喜欢流行艺术。
为了超现实主义乐趣,我画标点符号、

---

① 费德里科·泽里(1921—1998),意大利艺术史学者,专长意大利文艺复兴时期绘画。
② 肯尼思·克拉克(1903—1983),英国艺术史家、博物馆馆长、广播员。
③ 巴勃罗·米利夸(生于1960年),西班牙画家。

五颜六色的问号、性感的修女。
法国艺术家知道如何记住女士。
如果我在科陶尔德①教如何撩女人,
我就会教全世界的学生画
他们自己的体验;什么是
库尔贝的《世界的起源》②——
他们在床上看到的裸体女人
脖子以下到膝盖以上美丽大腿那部分。

如果我教《诗篇》,我会对
第三十八篇给予特别关注——
大卫王的不端行为。
如果还没有不是一艘即将沉没的船,
它也不是一条高速公路;它是一条单行道,
其中有人举着一个牌子:
**停**然后**慢行**,
或者是一条完全封闭的道路,有一个标志,
有一个箭头指向左边,上写**绕行**。

---

① 指科陶尔德艺术学院,英国伦敦大学下属学院,以研究艺术史为主,设有画廊,以收藏印象主义和后印象主义画作闻名。
② 居斯塔夫·库尔贝(1819—1877),法国画家,其油画《世界的起源》以写实笔法和特写视点描绘女性生殖器官。

搁浅的船只还没有沉没。

我的身体,一个了解

海滩和阳光的好客

之情的客人,游上了岸。

我的灵魂游向大海,

朝着海啸和低气压而去,

成为海浪的主人。

这有什么区别?

诸神谋杀了他们所有的客人。

我吻别了死去的玛吉,她的眼睛大睁着。

第二天早上,她看起来很平静,

我吻了她的右前爪。

## 一小段午后音乐

在水泥游乐场上,有
八岁的孩子,他们将成为母亲和父亲、
祖母和祖父
(年岁相当于六、七或八条狗的生命)。
我看到祖母和祖父们在秋千
和滑梯上,有的在跳绳。
在一个树木游戏厅里,三根手杖、糖果、
拐杖、带轮子和刹车的代步车。

游乐场围栏外,今年的紫罗兰
又开花了。它们是信仰宗教的。
没有虚荣心,野花的会众
绽放而后被吹走,
从洗礼到临终仪式,
从割礼到哀悼祈祷。

小学校园里八岁的孩子
玩接球游戏,地球的形象。
他们和着牙龈渗出的血,
一个接一个吞下拔掉的牙齿,
很快,就会用没了牙的嘴巴高喊博若莱①。
歌剧令我的狗很高兴,她冲着我的琐罗亚斯德
微笑。
我用搓衣板为她演奏了一小段午后音乐。
她喜欢这样,她跳到我腿上,舔我的嘴。
为了玛吉,我用出血的指关节
搓了又搓那些音符。

这是一小段午后流血的音乐。
有那么多关于动物之死的诗。
玛吉三天前死了。
我无事可做,只能写下这,对一条冷酷、
不顺从的上帝和我的好狗,失调的低吼,
她喜欢我对她低吼,这是我们的游戏之一。
我的狗坐着,当我叫她的时候,她来到我身边。
神圣,神圣,神圣,狗阿门。

---

① 法国东南部博若莱大区生产的一种红葡萄酒。

没有上帝应我的邀请——有人称之为祈祷——
来坐在我的桌前。
当我在搓衣板上搓洗赞美诗时,上帝并不微笑,
而我的指关节在流血。
我知道狗和人之间的区别。
神圣、神圣、神圣,狗阿门。

## 小　歌

有些小歌，

数音节，押韵，

令人失望的没有爱的十四行诗。

看，看看我们的身体，

我们是为爱和工作而造就。

有没有爱的工作，没有没有爱的爱。

有主的海洋没有被渡过

或被人人所爱。

小溪和大河泛滥，干涸。

河流可能会经历一次扒光、

劫掠、钉刑、

转化。

有可爱的洪水。

河流可能成为主的。

尼罗河、密西西比河有冲积三角洲。

有充满淤泥、沙砾和爱的三角洲十四行诗。

## 2020年感恩节

在远处我在
　　笔记本上写字,
暹罗大象在那里跳舞
　　獠牙对獠牙。
我写了一出戏中戏,
　　一出悲剧性的闹剧,
大幕永远拉开着。
在感恩节的餐桌前,我光着身子坐着喝酒,
　　写我必须写的东西,
因为我爱傅家的人。
　　母亲和儿子都深信,珍视
奥巴马总统出生在非洲;
　　美国人阅读《纽约时报》
和《华盛顿邮报》上的假新闻;
　　气候变化由我们造成,是个骗局。
事实,是一场噩梦:亚历山大·傅

投票赞成输出梦想家，
他投票输出自己。
　　　他需要有人"对他说话"，
如他们过去常说的那样。
　　　他是一个特别受欢迎的梦想家，
据他妈妈说，
他总是对我说"神谕"。

坐在史前的岩石上
　　　我有说有唱，
在北京歌剧院门外，
　　　天安门广场上。
我曾试图用石器时代的岩石做一张摇椅
　　　我并不为此感到自豪。
在美国的垃圾填埋场，
　　　一种看不见的威胁，
　　　沼气明火，
正在烧灼鸟类。
若干年前，有人问周恩来，
你认为法国大革命
　　　成功吗？
他回答说："现在说还为时过早。"

我认为所有的故事都是爱的故事。
我刚才讲的故事是真的吗,是成功的吗?
   我是否达到了故事的结尾?
现在说还为时过早。

## 序言二

现在序言不是被解雇了或无家可归的，
而是一首在找工作的诗。
我让序言睡在一个空闲的房间里。
它在睡梦中游走，喃喃自语：
从前我是必要的，如今我就像
一篇塞在西墙缝隙里的古老
祷辞序言。但我不是祷辞，
我是一个长胡子、头发灰白的老序言
在找工作。我找到了。我不是一个回声，
我拒绝关上一本书的门。
我拒绝关闭一首诗又一次
证明我将死于拒绝死亡。我不
相信，但我要说"死亡是一篇序言"。
我不会更改我旧的**序言**标题。
请在我的墓碑上刻上**序言**。
我认为序言只是一场小小的前戏。

## 一杯茶

你怎么知道你在变老?
为泡一杯胡瓜茶烧上水,
去你的书房,阅读和写作几分钟。
如果一小时后你闻到烟味,
烧干了水的水壶正烧得通红。
每年做两次这样的事,你就在变老。
你可以买这一年的第三只水壶
或者你可以用平底锅烧水。
为什么他们把这种烹饪器具命名为平底锅?
伟大的潘神已死的证明。

## 骗　术

你可以欺骗母骆驼或母山羊,
喂给她吃塞进她幼仔的皮里的干草,
这样她就会产奶来供给她的主人,
给一个骆驼或人类孤儿。
在我的传统中,
上帝的四十四个名字之一是乳房。
我必须想办法把我的爱的
乳汁给死者。除了
给你看我的乳房,我还得做更多:
一把剪下的头发,带着我的气味。

## 该死的真相

1925 年 7 月，我六周大，
十三磅重。我患有百日咳。
医生说我差不多已经死了。
我咳不出痰来。
母亲把她的手指伸进我的喉咙，
扯出山谷般幽绿的痰来。
她好几个星期都睡不着觉。
差不多跟死了一样，我在阳光明媚的
洛克威海滩的沙上玩耍。
她的眼睛上有二十颗麦粒肿。
我在某种程度上复活了，
不是一个奇迹，是百万分之一的机会，
在抗生素发现之前那些可悲的日子里。
昨天我突然想到
这可能是我痴迷的原因。
我在城市和乡间到处追寻上帝，

在所有的半球,在所有的大陆,
在教堂、犹太会堂、寺庙和清真寺,
在雪地、沙漠、丛林和海洋。

2022

**我赞美科学家**

我赞美科学家,他们把微小的防水
麦克风插入子宫深处。胎儿在
子宫内听不清母亲说的话。
胎儿可以听出一个句子中的音韵格律、
变格变位、重音轻音、停顿、升调降调。
我们出离子宫时就有一个语言的脚手架
已安装到位。两天大的法国婴儿的哭声
画出的是个升调曲线,反映着
法语口语的旋律模式。

## 如果有人在地球上的任何方做爱

1

仇恨生出气候变化。
仇恨骄傲而极微小；
仇恨有一个冒烟的尾气管，
喷着炭火、燃气产生的邪恶空气。
伊阿古和埃索的发音很像，
把钱放在你的钱包里。
如果有人在地球上的任何地方做爱，
爱就像气候变化，
做爱可以净化空气
在伦敦、洛杉矶和北京。
阳性力比多的城墙
保护我们免受野蛮人的仇恨。

这样的环境不是蝴蝶效应。

爱把悲痛扛在肩上,
仿佛悲痛是个孩子。悲痛是个弃儿。
爱有时是生父或生母。
"现在孕育着未来。"

随着时间推移,海洋会干涸,
沙漠会变成海洋。
请成为一个爱人,越早越好。
我听到懒散的读者说:"他又走了。
他认为死者是跳舞的骷髅。"

是的,我认为每个蛆虫都是个侦探。
有一件光荣的事要做:
做一个小偷,偷取美,花掉它,
把它送给穷人,送给任何路人。
热点新闻:如果音乐是爱的食物,那就继续演奏。
如果我活得够久,我将有一艘书船
环绕世界航行,一路卸下我的货物。
如果我是北风,或者只是一阵微风,我会把
约翰·塞巴斯蒂安·巴赫的音符吹到亚洲。

## 2

我写道，现在是5月6日，
夏天转眼就到了。
今年就是明年。
云或无云的日子预示着未来。
我是像云一样飞过的东西。
生与死、爱与恨都是飞过的云。
我是一朵无法停止希冀的云。我在旋转。
我知道科学家证明时间是由
每分钟旋转超过
三千亿转的纳米粒子组成的。

## 3

我坐在书桌前，双脚搭在一张椅子上。
是非在不同国家、不同街道
有所不同。迟早有一天
地球引力都可能违宪。
当然，宇宙中还有许多无名之地，
没有重力，也许只有寂静，

有不可预测的选举灯光。

我所写的是有依据的,是一列货运列车,
运牛的车厢曾经满载犹太人、同性恋者、
行善者、吉卜赛人前往死亡集中营,
奴隶们在地下铁路上逃亡,
北到加拿大,南到墨西哥。
甚至我的情诗也是依据
我刚才所说的。为了真实之故,
我将改变这首诗的气氛。
这里有一个令人心寒、悬而未决的政治暗喻:
1938年,拜伦的墓
被打开查验时,
他的右脚被砍掉了,
躺在棺材的底部。
世界越来越冷,也越来越热。
国家将会被淹没,书籍将会游泳。

## 胜　利

### 1

一个两指比画的"V"字:
我要写一首抽象的诗
如同蒙德里安或康定斯基的作品。
我准备好要走了,我已收拾好行李。
我已准备好迎接心碎。

尽管如此,在洛克威
空白页面的海滩上,
我必须作了又作
一首沙里的诗,它将被虔诚的
高潮抹去。我必须有勇气,
悲伤的故事可能有快乐的结局。
我的十四行诗和袜子都修补好了。
埃兹拉·庞德被冒犯了。

这里没有什么是特别的。
这些词并没有叠加起来
构成一个暗喻。
它们晕船,它们呕吐
我昨天吃的东西,
我不记得的名字。

我大喊:"木材,木材!"
我称一棵树为"木材"。
我们以果实来命名一棵树。
孩子是果实吗?

## 2. 休战

我从来不曾在恋爱中解雇过
女方。从来没有人说过我可爱。
我过去和现在都是一件艺术品。我洗劫过
一个以前被洗劫过的城市。
我常说:"非此即彼。"
漂亮和美丽之间
是有区别的。百灵鸟的歌声并不漂亮,

Toujours la tendresse[①]。爱从不 brut[②]。

我不是张口结舌，我是口无遮拦，
我需要一个圣诞节休战。
这列火车撼动了轨道，
这不是抽象的。
这是寻求救助和希望的呼喊，
一声寻求救助和希望的呼喊。
我永远不会投降。

2021

---

① 法语：总是温柔。
② 法语：粗鲁。

## 给安德烈·沃兹涅先斯基的 Zoom 呼叫 ①

### 1

安德烈，一场暴风雪让我想起了你。
现在是一月份，我们这里有一场总是很美的，
有时是可怕的暴风雪在咆哮，
从南卡罗来纳州到加拿大，跨越
圣劳伦斯河向北。
驾驶雪不需要驾驶执照
或护照，即使是在莫斯科。
尽管有雪，我还是希望能卖掉一架低 A 调的
19 世纪的斯坦威钢琴。我记得
你写过可怕的雪人、
被拉去当柴火的钢琴。

---

① 安德烈·沃兹涅先斯基（1933—2010），苏俄诗人。美国诗人罗伯特·洛厄尔曾称他是"一切语言中最伟大的在世诗人"。Zoom 是一种视频会话软件，通话前可呼叫对象。

沃兹涅先斯基和帕斯捷尔纳克①，
在你们两个小时的电话之后，
在马雅可夫斯基②自杀之后，
我把你们想成了蛆虫争食的
鱼子酱。你们俩都在永久山的
雪下面。安德烈，你曾写到
戈雅③在他的棺材里没有头，
洛尔迦葬在教堂并配有一块铜牌，
靠近他被黑衫党枪杀的
地方，面朝太阳。

赫鲁晓夫问你：
"你想明天拿到外国护照吗？
如果你想，那就去找狗吧。"

我梦见在格拉纳达之上的
雪中滑雪时，听见洛尔迦在唱

---

① 鲍里斯·帕斯捷尔纳克（1890—1960），苏联作家、1958年诺贝尔文学奖得主。他是沃兹涅先斯基的挚友和终生导师。
② 弗拉基米尔·马雅可夫斯基（1893—1930），苏联诗人。
③ 弗朗西斯科·何塞·德·戈雅（1746—1828），西班牙画家。

Cante Jondo①。雪是一个吉卜赛人
手执响板在跳弗拉明戈舞。
聂鲁达被留在了马德里
看一场由年老的小丑和杂技演员表演的马戏。

众多的好人和娃娃们
正在与哈姆雷特一起静静地休息。
安德烈,押韵现在已经过时了。
诸神和上帝的诚实的真相
往往不那么时尚。
月亮的右面还在流行,
它错误的一面面对着金星维纳斯,
美与爱的女神。

2

我试图在酒吧间的闲谈中寻找诗意,
"爱斯基摩人有六个词表示雪;
意第绪语有十二个词表示天才;

---

① 西班牙语:深歌,为弗拉明戈音乐的一种风格形式,有人认为源于吉卜赛音乐。

正统犹太人有四十四个名字称呼上帝。"
俄语诗歌知道每个俄国人的名字。

在读者听到的不同语言和方言中
诗歌有同一个名字。
(有一个词,词向荣耀语言的诗歌形式
收取通行费。)
诗歌拯救灵魂,无需告解或祷告。
上帝保佑那不拯救灵魂的诗歌,
那只是一种快乐、有知识的娱乐的诗歌。
我直接喝诗律和威士忌。
我因文字的音声而微醺。
卡利古拉·洛厄尔[①] 说:"沃兹涅先斯基是
任何语言中最伟大的诗人之一。"
你让体育场充满了新老群众,
他们一起来聆听你的诗,
你的诗保持并使人心和世界
更美好一些。

---

① 卡利古拉是古罗马一位暴君的名字。罗伯特·洛厄尔因脾气暴躁而得此绰号。

我将"敏于听，讷于言"：
安德烈，你已经死了十二个美国年了，
也许相当于十六个俄国年。
时间对爱加以乘、减、除。
还有爱的平方根。

我的朋友，我们一起吃饭吧。
带上一位女士。菜单上有爱和死，
味道比炖牛肉条、开胃馅饼
或罗宋汤更好。侍者是死神，
刚洗过的围裙上还有血迹。
我差点忘了，我们可以选择
餐桌上的摆花和辣根。
我递上一盘鲍里斯·戈东诺夫[①]的临终遗言，
那实际上是"沙皇万岁"。
你写道："所有的诗歌都是革命的。"
我用不新鲜的面饼供你，
基督的身体即不新鲜的面饼。

2022

---

[①] 鲍里斯·戈东诺夫（1552—1605），俄国沙皇。莫杰斯特·穆索尔斯基
（1839—1881）创作的歌剧《鲍里斯·戈东诺夫》以其为主人公。

选自《我的浪荡人生》

（2022）

# 秋

为汉斯·马格努斯·恩岑斯贝格尔作

## 1

我们称之为 11 月,汉斯·马格努斯·恩岑斯贝格尔
死于 11 月 24 日 [①]
一个无名的日子。我不知道在哪里。
生与死无处不在。
很快,他的坟墓将被日夜照看,
看不见如同明天,他的书被埋葬,
他复活的政治之船是大洋底的一个灵魂,
试图拯救诸多肉体和灵魂。
去年我寄给他我写的关于季节的书,
时光的可爱而无爱的女士们,我最后的机会,
我的开始而不是我的结束。

---

[①] 恩岑斯贝尔格于 2022 年 11 月 24 日在德国慕尼黑逝世。

以数学和科学的态度对待他的诗歌,
他在哈瓦那玩反资本主义乒乓球。
我建议但丁、弗洛伊德和修昔底德教授
汉斯·马格努斯与罗伯特·格雷夫斯①的历史观
之间的区别。
格雷夫斯被埋葬在马略卡的一棵柏树下。
马格努斯被装殓在他所在之处,
在他那些展示快乐的书中,
在花园里,在依然穿着制服的床上记起的
他那些痛苦的词句中,像亚当一样赤身裸体。他的私处
没有被枫叶或无花果叶覆盖。

我说马格努斯没有死,他到慕尼黑
一个花园里和上帝去散步了。我不确定。
寂寞的鸟儿唱着几个音符,一些瓦格纳、
莫扎特、巴赫、一些十二音音符。
我最后一次见他的时候,他在一个公共汽车站送我
去慕尼黑机场,一种不便。

---

① 罗伯特·格雷夫斯(1895—1985),英国诗人、历史小说家。

我们都认为,在我这个年龄,那是我们最后一次
亲吻。
我总是假装自己很年轻。
我向自己宣战。
战争来到沙漠中的诗人面前,泼剌溅水的鱼,
沙子下浮游的词语,岩石上的水下
词语,恐惧中倒着走的甲壳动物。

我什么都不知道,但我说马格努斯没有死,
他到慕尼黑一个花园里和上帝去散步了。
我不确定。

## 2

我发了电子邮件《秋》通知劳伦斯·约瑟夫 ①;
拉瑞告诉我他昨天听说了,他正在阅读
他的藏书中的汉斯·马格努斯的书,
我的诗他读了三遍让他流泪了。
有一些诗我读过,让我哭过,
我写《秋》时,刚刚听说汉斯·马格努斯去世。

---

① 劳伦斯·约瑟夫(生于 1948 年),美国诗人、律师、法学教授。

我一边写《秋》，一边哭。
我写过我母亲的死亡，
死去的家人和朋友，但我写的时候没有流泪。
我在写那些挽歌之前和之后哭过。
我爱汉斯·马格努斯并不比爱我母亲多。
也许我哭是因为马格努斯和我是完美的朋友。
我跟马格努斯一起笑得比跟别人一起哭得多得多。

有完美的朋友，还有更完美的朋友。
他憎恨德国纳粹，我憎恨法西斯犹太人。
我们都喜爱德国歌剧，我唱《查拉斯图特拉》
和《夜之女王》，我们轮流扮演角色。
我们对花草树木有着同样的热爱。
我为他做大餐，他很享受；
他为大家做诗，我们都喜欢吃。
他死后，我为他哭泣，一边写下《秋》，
一边读他的诗：单数和复数，
到处都是灾难的笔触。
我提出一个沉闷的结论：
我从经验中学习，我的眼泪咸，
红海不红，蓝色多瑙河不蓝。

## 我的浪荡人生

1

我是个朝圣者,我不在
目的地定居。我参加
仪式,然后我就上路
从一个到另一个圣地。
我是五六种不同宗教
会众的一部分。
我是个虔诚的朝圣者。有尾巴的猎犬
似乎知道我的气味。
我相信许多没有心脏的
生物喜欢我的陪伴:
一群群的鱼,一巢巢的昆虫。
我应该为漂亮的鸟儿做些什么,
既然我的谷仓燕子已经死了?
我从未答应过善良的女士们

对我们的表演保持沉默。

我爱她,因为她的灵魂
从她的嘴到我的嘴,一路舔舐
到我的北方、东方、西方和南方的
方式。她的气息把我灵魂的
叶子从我身体的树上吹落,
橡树叶与枫树叶在一起嬉戏。
她在我的河里游泳,我在她的海里游泳。

2

现在她死了,她的灵魂已经离开了。
她常常在梦中与我做运动
而不用负责任。
我应该把自己开除教籍。
我有一个受祝福的身体,
我有几个受诅咒的灵魂:一个受祝福的
唱着挽歌、安魂曲、赞美诗。两个灵魂,
流浪的吟游诗人,在地狱边缘敬拜诸神。
我有一个灵魂,每天守
安息日,一个是素食者,

另一个吃牡蛎、生牛肉加洋葱。

有神秘,我儿子的造就,

神秘,我女儿的造就。

神秘是一种运动,不是秘密。

主啊,虔诚的人,你的绵羊,跟随你。

我想得到你的山羊。

我的身体和灵魂被捆绑在一起,

打了一个渔夫的绳结。

## 3

意外地,我拉开帷幕:

在一个剧院里,我担任主角。

我是其余的角色,我是替角、

舞台、舞台工人、乐池。

我鞠躬。

我有几个朋友坐在包厢里

头等座位上。

我的燕子会出现在最后一幕吗?

因为我的鸟儿死了,我必须重新学习我的台词。

我不是剧本。

## 浪费时间

有时钟和日历,
年岁,没有剧情的戏剧,
哑剧或模仿秀,
无布景、无动作的戏剧,像天空一样,
无云和有云——路径、小道,
无用和有用的,由生物造就,
活着的和已灭绝的——花园、
游乐场、废弃的跷跷板——
观众们在等待着那永远
不会朝一片荒野打开的幕布,
那里没有无意义的声音,
尽管除了刚出生的人在为死去的人哭泣,
什么也听不到。

值得等待几个世纪去看
踮起脚尖跳舞的山脉。

有时间被浪费

在闪电和雷鸣之间。

一切都像天气一样恶劣

除了呼吸和跳动的心脏。

看,从远方的拐弯处,

日出即将来临。

好男好女们

很快就会用沾满辛劳的日子,

擦洗想象力的地板。

时间将是美好的、花得值的、彼此结合的

就像四重奏、奏鸣曲、管弦乐。

一个孩子说:"所有生命都是音乐。"

他没有词儿。

所有音符都需要人声、乐器,

弦乐、木管,我们的敲击。

如果有必要的话,

音乐将通过敲打钉子来制造!

此诗并非没有特别的想法,

用没洗过的手写的几个节拍,
一笔闹剧,一笔悲剧,
我摸着小爱神的私处,浪费着时间。

## 浪费时间之二

反对,是思考,
最美的夕阳在一刻钟
之后就会变得无趣。对我来说
接下来的半个小时是宝贵的浪费的时间。
先生,上帝保佑你在早晨
写作,阅读,爱你所爱的人,
喝一杯威士忌。你的宝贵时间
(世界的珍宝)花得非常好。
威斯坦①,我浪费的时间才属于我。

---

① 指威斯坦·休·奥登。

## 人生是个威廉

1

梦。这个词已生锈,被过度使用,
　　它不令我喜悦。有国民的梦。
每个国家的每个人都有梦。
　　我想重新命名"梦"。
今天是一个
　　重新考虑名字的日子。
我走过一个拥挤的名字市场:
　　水果、肉类和糖果、《古兰经》中的名字,
非洲的、亚洲的、拉丁语、希腊语、希伯来语名
字,愿望。
　　我可以用每一种生物的名字来命名"梦"。
任何是花岗岩、石灰石的东西
　　最终都会醒过来。

## 2

我昨夜康西塔了,我昨夜伊丽莎白了。
　　我昨夜希玛了。
人生是一场梦,有一股臭味儿,
　　人生是一朵野花,一个威廉。

我昨夜威廉到一个死去的朋友和我
　　在约旦河里游泳。
我从来没有想过我会威廉到
　　一个巴比伦的神、鳄鱼、河马
和耶稣一起游泳。
　　那种威廉绝不可能发生。
理性的威廉产生怪兽,
　　一场法国大革命。
我们的内战进行得比那更久。

## 3

我威廉到七十年前在雪地里
　　我对一位女士做爱。

我威廉到一个没有战争、种族主义或病毒的世界。
　　在同一夜里，我去过希腊、中国、意大利、
　　英国、
西班牙。在同一夜里
　　我威廉有时是春天、夏天、冬天
和秋天。
　　我威廉到我唱昨夜
我看见乔·希尔，像你我一样活着。
　　我自相矛盾，我重读《梦歌》①。
我喜欢 rêve、traum、sogno、梦（mèng）② 这些词
　　在歌曲或谈话中。

弗洛伊德解释威廉，说它们是一种愿望，
　　有时噩梦，可怕的威廉
伪装成戴着面具的嫖客前来。
　　我们在哪里睡觉都是客人。

如果我给威廉起名叫安妮塔呢？
　　"人生是个安妮塔。"

---

① 美国告解派诗人约翰·贝里曼（1914—1972）的作品。
② 依次为法语、德语、意大利语、汉语的"梦"。

这话有一定道理，人生就是餐后酒。

不是开胃酒，是 fin①。

2022

---

① 法语：终结。

## 纠　缠



我在老城漫游，
在我头脑中。我记得一个出生
在奥斯维辛死亡营的朋友。
十年前，他在美妙的布鲁克林
伊拉斯谟高中
教算术和公民学。

我看着我头脑内外
模糊不清的地方，
看着那些死去的人，跟别人一起的，
独自，不跟别人一起的。

在死亡营的铺位上
或在垃圾成堆的地上，
他们彼此相爱。
他们创造了一个奇迹，

为世界带来新生的希望。

在那所有黑暗之后,
我可以尝到一点日出的味道,
幸福的绝对
不可能。
(需要有一个新的词来形容它。)
我想找到一种更好的说话方式,
我们必须以宗教、言论、音乐和诗歌的自由
使真理不言自明。
我将为诗行中的停顿、句子的
奥斯维辛中的每一个词的自由而战。

写作给我极大的快感,一些老蛇
仍然说英式英语。
以下就是我的纠缠故事:
我努力保持食指扣住扳机,
生命的阴蒂。

几乎冷得像石头一样,我看向窗外,
看到不同季节的广阔风景。
我的日历上没有日、月、年;

它们是阴历、阳历、阴阳合历、季节历，
纠缠的伊斯兰教、佛教、希伯来、
四种基督教及其他的，
总是敬畏时间和上帝的。
它们表示恼怒和憎恨，
最好的祝愿和爱，有关一切的理论。

## 泥 巴

假如我再回到三十或四十岁,
我也不会跑到乌克兰
去参加战争。我担心自己会死于
弹片和火箭弹,
但今天,就在此时,
假如特朗普再次当选,
"骄傲男孩"①,或其他某些杀人犯
沿哈德逊盆地一路北上,
我就会拿起我能用的最好的步枪。
我在海军时是岸上的神枪手,
我会瞄准他们的心脏,把他们打死。
对于现代武器,除了有用的新名词
之外,我还知道什么?

---

① 一个成员基本为白人男性民族主义者、提倡暴力的新法西斯主义极右翼组织。其总部设在美国。

我会和我的狗莫莉一起找一些保护设施。
"骄傲男孩"们会杀死所有热爱自由的
救援犬。我想我内心的一些东西
会很高兴地再次思考，
我可以改变一点、一点点历史，
当地球人什么都不剩，只剩下
持续的谎言，融化了的和正在融化的冰的时候。

室外几乎到处都是浮尘。
什么细菌会突然出现
来解释室内的情况——没有什么是上帝所害怕
的——
第一个新的感觉会是什么样的？
除了水或泥巴，什么也听不到或看不到，
没有什么是原初的，连罪也不是。
我做了一个泥巴球，把它扔向
不可知的世界。
没有泥巴火箭。
我可能会输，但我永远不会中立。
我试图在泥巴中加速前进。
九十六岁了，我总是在泥巴中行走。
在我没有泥巴的房子里，

我永远不会死在泥巴中，
像奥菲利亚①那样。

---

① 莎士比亚悲剧《哈姆雷特》中王子哈姆雷特的未婚妻，自沉于泥淖中而死。

## 为我作的挽歌

在我的墓碑上刻着:
"斯坦利·大卫·摩斯  1925年——
他曾经逗上帝发笑。"

没有历史的节日已经结束。
有人说:"斯坦利在最后的晚餐上与基督一起吃过饭,
从桌子下面的一个盘子里。"
斯坦利·摩斯是上帝的狗。
所有信仰的孩子都知道他吠出他的诗。
你必须是一条脏狗才能懂。

## 确定的

今夜,我心里有种想法和感觉:
战争与诗歌无关;
战争与戏剧无关。
是的,一家餐厅与食物
和饮料无关;
一张床铺与睡眠
或爱情无关。
树木与阔叶、针叶、
水果或木材无关。

在这舞池里,我摇摆别具风格。
特洛伊战争与诗人
和诸神有关。莎士比亚剧作里有战争,
军装即戏服。
应该有写恨的十四行诗。

亲爱的，我可以拿一把剑把你劈开，
把你像一只成熟的苹果那样切成两半，
从你那猪圈一般的阴道开始
用一根手指插进你礼拜堂的钟里。
说傻话可能会有好处，我想解释一下，
事实是，我为所有的恨欢呼
是因为我想让恨和战争消失。
我涂抹了化妆品，我是该隐。

死亡天使憎恨
爱、温柔、和平和一个吻，
在不同地方的另一个吻。
死亡即生命，漫长的死亡是
一只巨大的鞋子。如果我坚持认为
"星系是鞋带，把宇宙绑在一起"，
那就不是什么耻辱。我解释，
这首写恨的十四行诗更像是一个文身，
一句问候，一句话，而不是一幅画，一个污点。

在我的宇宙学中，我佯装
人类生活在一只鞋里。
上帝是一只脚。这只鞋很合适，

因为大多数人是"它的"，
而不是"他的"或"她的"，他们必须凑合。
恨是一种躲猫猫游戏。
亲爱的，我想恨你。
从一开始我就为了得到恨的快感而恨你。
生活是一出戏，只有一个演员，一个角色，
夜和昼是幕布，
活下去还是不活了是确定的。
爱是不确定的。
恨是确定的。

## 一幅超现实主义画像，1949 年

诗歌改变世界，使之更好。
我想修正世界。
我不想把世界留在身后：
一张未整理的床、水槽里的脏盘子、
散落的山丘、涂改的诗页、
地板上的书。我被无用的纸页绊倒了，
几乎摔断了一条腿。"摔断一条腿"
对戏剧界人士来说意味着好运。
一位女士出于友情为我打扫我的一室公寓。
在柏林，党卫军时代，她为犹太人制作护照，
为第三帝国的敌人制作假证件。
她看到的死亡比我看到的更多，屠杀和轰炸。
她被人强奸了，
她的第一任丈夫在苏黎世自杀了。
后来，她制作赝品保罗·克利[①]，

---

[①] 保罗·克利（1879—1940），瑞士裔德国画家，以黑白版画和线画著称。

由一个信服的、诚实的画廊老板展出。
做爱时,她常说"Tuer mich①,杀了我,杀了我"。
她移居到纽约市布鲁克林区的大军广场,
嫁给了一位画家,霍华德·诺茨②,他的同性恋父亲
在布鲁塞尔上空被德国空军击落。
她告诉她饱读诗书、色盲的丈夫
画什么颜色,使她成为不可或缺的人。
他是个更善于用黑、白、灰的画家。
他们给一只猫起名叫斯坦利,它在5月的
一个美丽的夜晚追赶一只青蛙时失踪了。
在1966年1月的深雪中,
她借给我们四百块辛苦赚来的钱
让我们去波多黎各度蜜月。
她在德国是个著名的英雄。
他们把她的生平拍成了电影;
我出版了她的书。显然快死了的时候,
她否认自己死亡的可能性,
但她说:"我走了之后,
我不想在教堂里被人梦到。"

---

① 法语加德语:杀了我。
② 霍华德·诺茨(1922—2004),美国画家,以风景画和童书插画著称。

我在斯坦福德维尔她的葬礼上发言,
我说:"她很善良……就像那样,
当我需要善良的时候。"
我对到会者说:"摔断一条腿。"

## 话　语

我想对人类说："小子，
不扶栏杆，我以前
上下楼都比你快得多，
如果我想的话，一次就跨两三级。"
身为有礼貌的伪君子，我绝不会这么说。
我写出我绝不会说的话。

## 维 修

星期一第一件事,
我把我的身体送到了维修店。
在等候室里,读着书,我看到:
在遥远的宇宙中,温度是
华氏零下三百度。
我可笑地想,宇宙中
还有比死亡更冷的地方。
那里有生命吗?想象力、
消化不良?
不可能有洪水或彩虹。
有许多种类的黑暗。
如果那里有一个身体,任何身体,
那里的身体是什么样子的?没有人
穿着或不穿泳衣游泳。

在去维修店的路上,

我开车经过天主教、浸礼会、圣公会的教堂，
一座清真寺和犹太会堂。
从生活中消失了半个小时左右之后，
一个穿工作服的人建议："把你的车留下，
星期五四点钟再来。"
我说："好的。请你开车送我回家好吗？"
跳出语境，我补充说："走上山去，
到一棵枫树下的长椅上，我就气喘吁吁了。
上帝知道我的写作需要一个维修店。"
那个穿工作服的人接着说：
"我维修，我不卖电动车。"
"我的身体是一辆二手车，"我解释说，
"我的腿是轮胎，有一个瘪了，一个后轮胎需要
充气。"
（他身上的某些东西似乎是神话般的存在。）

得等人来开车载我，我意识到。
昨天我去听了一场音乐会，
我摇下我用旧的身体的
驾驶室一面的车窗，那是我的灵魂。
我打开车门，我知道那些咏叹调。
我听不到最高的音符。

透过摇下的车窗我听到了"深沉男
低音",我的灵魂现在下降在车门里。
我想那个穿工作服的人微笑了,
有点儿像冥河上的摆渡人。
我的神学是一个游戏。
只有疯子才会认为
灵魂是一扇车窗!

一位善良的墨西哥年轻女士开车送我回家,
星期五又来接我。我付了账,
但我还是用我的一只好脚,用我的一只好眼
一瘸一拐地走到我找到的一个气泵前。
我说:"我是一辆熄火的汽车。
我的蓄电池,我的
心脏还需要维修吗?"
我透过我死去的灵魂看向这个世界。
我需要说出真相。
维吉尔、但丁、弥尔顿,都不是零。
我想的时候很羞愧,这很悲哀。

再待一会儿,我会告诉你我是怎么做的。

我的心脏起搏器被设定为每分钟五十次。
我必须用一个没有指针或铃声的钟来看时间。
维修这个词里有空气。我要唱一首爱尔兰小曲①。

不管我的灵魂是什么,我知道它不是一扇车窗,
我没有那么脏。为了透气,
我摇下车窗,通过侧视镜
又看到身后有一个骷髅头。
是的,"我把我的身体送到了维修店"。
听听我的第一行诗。
我从约翰·富勒②那里偷了半行。
从一首诗中偷取一行并不是重罪。
那是一种旋律。维修这个词里有空气。
我要唱一首爱尔兰小曲。

我把我的身体送到了维修店。
我用自由诗体说,
一个可怜的小偷从花园里偷了一个花蕾,
中止了它的绽放。

---

① 英语"维修"(repair)一词的部分是"空气"(air);"小曲"(ayre 或 air)与"空气"拼法相同。诗人在玩文字游戏。
② 约翰·富勒(生于1937年),英国诗人。

偶然把他带到一个稻草人面前，
他是一个警察法官。
不幸的小偷被判处终身监禁，
在一个没有夏天的牢房里。寒冷的 12 月
是一年中最长的月份。
12 月是由圣诞节修好的。

我自己开车从维修店出来。
感恩我的某些部分还能被修好。
事实是每天我都在过感恩节。

## 音乐会

在亨特学院的剧场里，
在沃兹涅先斯基朗诵会快开始前
我们在后台的时候，
我听过奥登弹钢琴。
我不记得他弹的是什么。
我觉得我当时就不知道。
他是因为对音乐的热爱而弹奏，
上帝啊，以及为我溢出点滴。

## 温　情


狗是被驯化的狼。学者们说
狼是在史前的亚洲被驯化的，
漠然，然后关心变成了温情。
狗以前是狼，被温情驯化了。
温情并不能把狮子抚弄成猫咪。
温情足以安慰大多数野生动物，
它们不会因为爱杀戮而杀戮。
温情并不能治愈对金钱本身
或房地产的爱。温情使
驯化的心脏跳得更快。
驯化并不是爱。
爱可以是驯化的，也可以是野生的。
可爱的狼教授对同伴男人、女人和狗——
打猎的狗、舔食的狗、放牧的狗——的爱。
我以一种声音而不是一个词
结束这则寓言：呜——

## 我教父的临终遗言

到了落叶的
时候,叶落。

## 译后记

斯坦利·摩斯是我的老朋友。他生于1925年，今年97岁了，还在工作，还在写诗。他和我第一次见面是在1993年，相识也将近30年了。所以，"老朋友"有双重含义。他拥有一家小出版社，手下的华裔雇员昵称他"老摩斯"。我也跟着在背后这么叫他，但当面仍叫他斯坦利。

2014年我选译了一本《斯坦利·摩斯诗选》，包括他从1969年到2013年发表的148首诗作，于翌年出版。这是他首次被大规模介绍给中国读者。豆瓣读书网读者评分8.1，不算低了。

这次所译，主要选自他作于2018年至2022年间的近作，其中不免夹杂少量早年作品，因为他的诗集往往是新旧作混编的选集，而且几乎每首诗都不标明写作日期。所据诗集主要为《第五幕，第一场》(Act V, Scene I, 2020)、《还没有》(Not Yet, 2021)、《永远永远之乡》(Always Alwaysland, 2022) 和《我的浪荡人生》(My Sporting Life, 2022)。一小部分译文（五首）先期发表于《诗刊》2021年5月上半月刊，我因此获得当年的陈子昂诗歌奖翻译家奖,这也间接提高了老摩斯在我国的知名度。

老摩斯近年所作的诗大多卑之无甚高论,既少形而上的玄思,又乏悠而远的遐想,基本上是记忆和阅读的产物。这是他一贯风格的自然发展,所谓人诗俱老嘛。个人的日常生活经验是其诗的主要题材,处理方式基本上是传统写实的,因此他的诗作大多具有自传性,现代而不现代主义。这也是最接近抒情诗本质的品质。

他阅历丰富,交游甚广。由于写诗和出版诗,他与许多诗人相熟,用他自己的话说,有的熟到"知道他们光屁股的样子"。有些赠人和怀人之作与我们熟知或不太知道的诗人有关,涉及他们或她们鲜为人知的生活轶事,具有难得的史料价值。他最推崇的诗人是与他同名同裔的桂冠诗人斯坦利·库尼茨,其次是西奥多·罗特齐和约翰·阿什贝里,当然还有前辈威斯坦·休·奥登。我曾问他对当代美国诗人的看法,他仅举此数人,以为最佳,其余不足论矣。作为出版人,他喜欢且惯于像埃兹拉·庞德那样"改进"别人的稿件。他曾大力编辑过诺贝尔文学奖得主路易丝·格丽克的诗集,以至于后者在朗诵时不得不声明哪些"妙句"是斯坦利·摩斯的。他还与其他国家许多诗人相熟，如西班牙语诗人巴勃罗·聂鲁达、希伯来语诗人耶胡达·阿米亥、德语诗人恩岑斯贝尔格、俄语诗人安德烈·沃兹涅先斯基等。

他善于在平淡的日常生活中发现诗意，对于像助听器掉进蛋糕里这样的偶然事件也兴趣盎然。他对待人生的态度是"轻佻"的，但不等于玩世不恭，而是相当于我们所说的喜欢并善于"玩闹"或"搞笑"，以一种轻松乐天的态度面对人生的得意和尴尬。所以，他的诗作里充满利用谐音、押韵之类手法制造的文字游戏。这正是他对生活热爱的表现。对于身边的亲友，他更是毫无节制地滥施宠爱。他待公私雇用人员如朋友，甚至如家人，为他们写了不少诗或在不少诗里写到他们。他对一位华裔雇员的一个孩子尤为溺爱，从他尚未出生起就为他写诗，几乎每年一首，直到他长大成人。不过，他的诗倒不怎么滥情，尽管不免老年人的絮叨；他善于把言与事编织起来，做到仿佛奥登所谓的"日常言谈"风格。

他热爱语言文化，对西班牙、意大利、德国、法国、日本乃至中国的语言和文化都饶有兴趣。身为犹太裔，他当然对自己的民族文化也有着本能的爱好，但似乎不是很熟稔。毕竟，他在美国土生土长，骨子里是美国人。他在诗里常喜欢造作隽语，炫耀知识和经验，这似乎是爱智慧的犹太本色，也可能是一种倚老卖老的表现。同样，他对中国文化也是爱好有余而所知不足，近年又写了不少有关中国的诗，但可惜有些细节不准确，往往不知所云，所以这次大都略去不译。

中国人说，人之将死，其言也善。自知临近生命终点的老摩斯却从不讳言老、病、死，而是坦然面对，如实记述自己的身体状况和相应感想，甚至直接问医生自己还剩多少年可活，可谓达观。而对于他人，他言语间确是一如既往洋溢着善意和爱意。以他这样的心态，活过百岁应该不成问题。这里选译了他一百多首近作，大约只是他近作的一半，可见他创作力之旺盛。祝愿他活得更长久，写出更多佳作来！

2022 年 12 月 19 日